獣皇子と初恋花嫁
「あ、あ……っ。嘘っ……。尻尾っ、紫藤様の尻尾が、中にっ……！」
「そなたは私の尾が好きであろう？」

獣皇子と初恋花嫁

鳥谷しず

19947

角川ルビー文庫

目次

獣皇子と初恋花嫁　五
あとがき　三〇

口絵・本文イラスト／みずかねりょう

心地《ここち》よいさざめきが聞こえる。

そう思ってふと目を開けたとき、立夏《りっか》は賑《にぎ》やかな通りに立っていた。

ずらりと建ち並ぶ店々の鮮《あざ》やかな暖簾《のれん》が優《やさ》しい風に翻《ひるがえ》る大路を、大勢が行き交《か》っている。花飾《かざ》りをつけて雅《みやび》やかに進む牛車《ぎっしゃ》に、たくさんの従者を付き添《そ》わせて馬に跨《また》がる狩衣《かりぎぬ》姿の優美な公達《きんだち》。壺装束《つぼしょうぞく》の女たちはしずしずと歩みながら楽しげに店先をのぞき込み、水干を纏《まと》う子供らは元気のいい声を上げて雑踏《ざっとう》を駆《か》け抜《ぬ》けてゆく。

そうした者たちのほとんどは立夏と同じ人間だ。

けれども、そうではない者もわずかながらいる。人の姿をしていても、動物の耳と尾《お》を生やす者。そして、服をきちんと着込んで二足歩行をし、さらに人の言葉を話す犬や猫《ねこ》や狸《たぬき》たち。愛らしい顔の白兎《しろうさぎ》がきらびやかな衣《ころも》の裾《すそ》をはためかせ黒毛の馬に乗っている、メルヘンというよりはシュールなそのさまを眺《なが》めながら、立夏は気づく。

これは子供の頃《ころ》によく見ていた夢だ。

人と、人のような動物が暮らす、どことなく平安京《へいあんきょう》を思わせる国の——。

細めた双眸《そうぼう》の視線を、立夏はゆっくりと周囲に巡《めぐ》らせる。

白い漆喰《しっくい》の壁《かべ》に黒の瓦《かわら》屋根を載《の》せた建物が延々と続く通りの遥《はる》か向こうには、堂々とした威《い》風《ふう》を誇《ほこ》る朱色《しゅいろ》の殿楼《でんろう》が見える。

「ねえ、かあ様。あの大きくて真っ赤な御殿《ごてん》が日《ひ》の御門《みかど》がおいでの皇城なの？」

「そうよ、坊《ぼう》や」

「次の帝《みかど》になられる東宮《とうぐう》様は、獣人《けものびと》の血を引いておられるって本当？」

「そうよ、坊や。雪豹《ゆきひょう》の耳と尾をお持ちで、お母上だった秋麗《あきうららの》皇后《こうごう》様が亡《な》くなられた今、この東雲国《しののめこく》で一番美しいお方なんだそうよ」

旅装いのサバトラ猫の母子がそんな話をしながら、立夏の横を通り過ぎてゆく。

動物が服を着て喋《しゃべ》っているのだから、歴史的には併存《へいぞん》したはずのない仲見世《なかみせ》のような洗練された商店と牛車が同じ街中にあっても、特に違和感《いわかん》はない。

むしろ、何だか強い懐《なつ》かしさを抱《いだ》いて、おとぎ話や動物が好きだった幼い自分の妄想《もうそう》が作り上げたのだろう街並みを眺めていると、どこからか立夏を呼ぶ声が聞こえた。

『立夏様……、市花《いちはな》立夏様……！　そちらに……いらっしゃったのですね……！』

ぼんやりとしているのに、奇妙《きみょう》にはっきりと耳に響《ひび》く声だ。

声の主を探して辺りを見回していたさなか、こちらへ駆け寄ってくる人影《ひとかげ》に気づいた。

薄汚《うすよご》れた浄衣《じょうえ》姿の若い男だ。額に花を象《かたど》ったような美しい模様の赤いタトゥーがある。

あれは誰《だれ》だろう。どうして、自分の名前を知っているのだろう。

不思議に思い、傾《かし》げた首の後ろに、ふいに凍《い》てつく冷たさを感じた。

「──うわっ」

冷たさに肩《かた》を震《ふる》わせて顔を上げると、そこは居酒屋の座敷《ざしき》だった。

夢から覚めたのだと理解した瞬間《しゅんかん》、現実の空間に漂《ただよ》う喧噪《けんそう》と揮発したアルコール臭《しゅう》が全身を包みこむ。しこたま酔《よ》っ払《ぱら》って変に明るく笑ったり、大げさに嘆《なげ》いたり、憤慨《ふんがい》したりしているのは、立夏と同じ高校に勤務する非常勤講師たちだ。

一学期が終わった慰労《いろう》会と称《しょう》して、不安定な身分への愚痴《ぐち》を言い合うために気心の知れた十人ほどで集まったのだ。学校帰りでスーツを着ている者もいれば、ジーンズとTシャツの立夏のように今日は授業がなく、家から私服で参加した者もいる。参加者の年齢《ねんれい》も二十代から四十代までとばらばらだ。きっと、傍目《はため》には不思議な集団に映っていることだろう。

「市花先生〜。目ぇ、覚めたぁ？」

隣《となり》に座っていた国語講師の久森《ひさもり》が立夏のうなじで氷をすべらせ、酒で赤くなった顔を締《し》まりなく綻《ほころ》ばせる。立夏が眠《ねむ》って夢を見ていたあいだにかなり飲んだのか、もこもこした癖毛《くせげ》の頭にネクタイを巻きつけていた。

立夏は「ええ」と苦笑《くしょう》を返し、濡《ぬ》れた首筋をおしぼりで拭《ふ》く。

「市花先生が途中《とちゅう》で寝《ね》ちゃうなんて珍《めずら》しいねえ。期末の件が結構キてる？」

立夏の勤務先の私立雀部《ささいべ》高校では、非常勤講師は完全に「使い捨ての駒《こま》」として扱《あつか》われている。正規の職員と比べると段違《だんちが》いに待遇《たいぐう》は悪いけれど、都内でも有数の生徒数を誇るゆえに運営資金が潤沢《じゅんたく》で、非常勤講師の時給は他校よりも高い。空きが出たとわかればすぐさま優秀《ゆうしゅう》な応募《おうぼ》者が殺到《さっとう》するため、非常勤講師たちは生殺与奪《せいさつよだつ》の権を握《にぎ》る校長の顔色を常にうかがい、どんな理不尽《りふじん》な命令にも従わざるを得ないのだ。

　雀部高校の地理歴史科の教員は六名で、日本史を担当するのは非常勤講師の立夏と専任の女性教諭《きょうゆ》だ。その女性教諭が、期末テストの準備期間に入ろうしていた矢先にしばらく休暇《きゅうか》を取ることになった。彼女の息子《むすこ》が留学先で事故に遭《あ》い、その看病に行かねばならなくなったのだ。

　しかし、夏休み中には帰国するため、臨時の講師を雇《やと》うほどでもないと判断した校長に、立夏はその専任教諭の代わりを命じられた。

『彼女の分もテストを作って、採点するのが大変なのはわかるよ、うん。だけど、今回だけのことだし、市花先生はまだ若いんだから、何とか頑張《がんば》れるでしょ？』

　つい先月、ちょうど似たような境遇《きょうぐう》に陥《おち》った非常勤講師が家族を取るか仕事を取るかの選択《せんたく》を迫《せま》られ、退職したばかりだったので、思うところは大いにあった。けれども、校長にやれと言われれば、やらないわけにはいかなかった。

「あまり自覚はしていませんでしたが、そうかもしれません」

　テストの返却日《へんきゃくび》までに採点を終わらせるために、徹夜《てつや》続きだった。

　だが、そんな毎日もようやく終わり、昨夜はゆっくり寝られたので疲《つか》れは取れたつもりだったけれど、やはり無理が応《こた》えていたようだ。

　酒には強いはずなのに、こんなに騒《さわ》がしい場所で微睡《まどろ》んで夢まで見るなんて——。

　溜《た》まった疲弊《ひへい》を自覚すると身体《からだ》が少し重くなったような気がしたが、気分はそれほど悪くない。久しぶりに見た、懐かしい夢のおかげだろうか。

貴公子のように着飾《きかざ》って大きな馬に乗っていた兎の澄《す》まし顔や、宮中の噂話《うわさばなし》をしていたサバトラ猫の母子を思い出すと、頬《ほお》がゆるんでしまう。

どうせなら、とても美しいらしい雪豹の東宮も見てみたかったし、自分の夢の中にしか存在しないあのシュールな平安京ランドにちゃんと名前がついていたことが意外で、愉快《ゆかい》だった。

そんなことを思いつつ、立夏はおしぼりをテーブルの上に置く。

「やっぱりかぁ。や、気持ちよさそうに船漕《こ》いでたから、起こすのは気が引けたけど、大石《おおいし》先生に襲《おそ》われたら危険だと思って」

目尻《めじり》に皺《しわ》を刻んだ久森の視線の先では、三十を目前にして結婚《けっこん》に焦《あせ》っていることを公言している大石が何やら荒《あ》れて、くだを巻いていた。

「そうよぉ、市花先生。今日は彼女、もう完全にできあがっちゃってるから危険よ」

反対隣で数学講師の磯辺《いそべ》がジョッキの中のビールを豪快《ごうかい》に飲み干して笑うと、いきなり立夏に身体を寄せてきた。

揺《ゆ》れた長い髪《かみ》の毛から香《かお》ったにおいが鼻孔《びこう》をきつく突《つ》き、立夏は頬をかすかに強張《こわば》らせる。

「年下でもいいから家持ちの市花先生、結婚してぇ～、とか押し倒《たお》されちゃうかも」

磯辺には夫と子供がおり、一回り近く歳が離《はな》れた立夏に性的な興味を持っているはずがない。単なる冗談《じょうだん》のものまねだとわかっていても、肌《はだ》が嫌《いや》なふうに粟立《あわだ》った。

男子校育ちのせいで、立夏には異性に対する免疫《めんえき》力がない。仕事に関係しない会話にはわけもなく緊張《きんちょう》するし、化粧品《けしょうひん》や香水《こうすい》の匂いがどうにも苦手で近寄る気が起きない。そうした気持ちが顔にも出ているらしく、異性から言い寄られたこともない。そして、幸か不幸か性的に淡泊《たんぱく》なせいで、そのことに不満も焦りも感じない。

だから、二十六になるこの歳まで立夏は誰ともつき合った経験がなかった。

「え。市花センセって、家持ちなの？」

磯辺の隣から高尾《たかお》が顔を出す。学生時代はラガーマンだったという高尾は地理歴史科の世界史担当講師で、年齢は立夏と同じ二十六。

しかし、高尾と立夏が同い年だと知ると、大抵《たいてい》の者は目を丸くする。がっしりとした長身の高尾に貫禄《かんろく》がありすぎる一方で、立夏の外見も年相応ではないからだ。

もっとも、立夏は決して幼く見られているわけではない。大抵の者に「雰囲気《ふんいき》が不思議で年齢不詳《ねんれいふしょう》」と評されてしまうのだ。

二年前に父親が病死して閉めてしまったけれど実家は剣道場《けんどう》で、立夏も幼い頃から竹刀《しない》を握っていた。今でも道場での素振《すぶ》りが朝の日課で、高尾と同様、身体はしっかり鍛《きた》えており、身長も成人男子の平均を上回る一七五センチあるが、着痩《きや》せする質《たち》のためそうは思われない。加えて、小学生のときに他界した母親に似た繊細《せんさい》な造りの顔と白い肌などが相俟《あいま》って、見る者に年齢不詳な印象を与《あた》えているらしい。

「市花先生、実家暮らしだよね。えぇと、じゃあ……？」

高尾の太い眉《まゆ》が気遣《きづか》うふうに少し下がる。

「うん。親から相続した家。税金払《はら》ってすっからかんだから、築五十年超《ご》えの家を持ってたところで、女性にはまるで相手にされないけどね」

淡《あわ》く苦笑して、立夏はジョッキに残っていたぬるいビールを飲んだ。

「いや、いや。市花先生の場合は、相手にされないっていうのとはちょっと違《ちが》うわよぉ」

磯辺が手を振《ふ》って笑う。

「さっき、あたしがしたみたいな冗談でちょっかいをかけるだけならともかく、市花先生には本気のアプローチはしにくいもの。女っぽいってわけじゃないんだけど、綺麗《きれい》すぎるから」

そうそう、と高尾も同調して頷《うなず》く。

「あ。そう言えばさ、ずっと気になってたんだけど、市花先生って外国の血、ちょっと入ってたりする？」

「全然、一滴《いってき》も。……でも、何で？」

年齢不詳だとはよく言われても、さすがに性別や国籍《こくせき》を間違《まちが》われたことは一度もない。

初めて受けた質問に、立夏は軽くまたたく。

「俺、市花先生を初めて見たとき、ウェインライトの『憂《うれ》いのミカエル』に似てるなあって思ったんだよね。何て言うか、雰囲気が常人離《ばな》れして、透《す》き通ってて」

学生だったときも、教師となった今も立夏は日本史一筋だが、ウェインライトが天使や妖精《ようせい》を題材にした絵を多く描《えが》いたラファエル前派の画家だということは知っている。幻想《げんそう》的な優雅《ゆうが》さが傑出《けっしゅつ》しており、彼の代表作となっている『憂いのミカエル』も何となく頭に浮《う》かびはする。

しかし、性別がない上に人ですらない天使に似ているなどと言われても、どう反応すればいいのかわからなかった。要するに「日本男児らしくない」という意味だろうけれど、悪意などかけらもない言葉に腹など立たないし、かと言って喜ぶのもおかしい。

とりあえず無難に愛想《あいそ》笑いを返し、立夏はビールを注文した。

慰労会はそれから一時間ほどでお開きになった。

立夏は同僚《どうりょう》たちと別れて、バスに乗った。最寄《もよ》りのバス停で下車し、街灯の少ない川べりの道を家に向かって歩く。

少し飲みすぎたのかもしれない。静かな夜道をひとりで歩いていると、寂《さみ》しさがやけに身に沁《し》みた。肌に重く纏《まと》わりつく夜気は蒸《む》し暑いのに、胸だけがひどく寒い。

職場では換《か》えなどいくらでもいる駒のひとつ。プライベートを共に過ごす恋人《こいびと》もいなければ、家で自分の帰りを待つ家族もいない。正社員として忙《いそが》しく働く学生時代の友人たちとも年々疎《そ》遠《えん》になっている。

何だか、自分が社会的に不必要な人間のように思え、強い孤独《こどく》感に襲われる。きっと、自分が今この世から消えてしまっても、本気で心配して捜《さが》してくれる者など誰《だれ》もいないだろう。

胸を重くした鬱々《うつうつ》とした気分を吐《は》き出すように大きなため息をついたとき、通りかかったマンションの窓から若い男女が怒鳴《どな》り合う声が聞こえてきた。

「俺の稼《かせ》ぎに文句があるんなら、お前が働け、デブ！」

「四つ子抱《かか》えて、どうやって働くのよ、ハゲ！」

どうやら四つ子の親の夫婦喧嘩《ふうふげんか》らしい。本人たちにとっては深刻な問題があるのかもしれないが、遠慮《えんりょ》のない喧嘩ができる家族がいることを立夏は心から羨《うらや》ましいと感じた。そして、無い物ねだりの羨望《せんぼう》を抱えて、澱《よど》んだ夜空で白々と輝《かがや》く月をぼんやりと眺《なが》めやり、その視線を何気なく落とした直後、驚《おどろ》いて足をとめた。

少し先に架《か》かる橋の欄干《らんかん》に誰かが立ち、暗い川面《かわも》をのぞき込んでいた。ジーンズとシャツを着た痩《や》せた小柄《こがら》な男だ。月明かりに照らされた横顔はまだ若く、二十歳《はたち》前後に見えた。

暑苦しい夜とは言え、こんな時間に、それも服を着たまま泳ぐ者などいるはずがない。そもそも、この川は深く、船の行き来も激しいため遊泳禁止だ。

欄干を踏《ふ》む足の先がそろりと前へ出た瞬間《しゅんかん》、立夏の身体も反射的に動いた。

「早まっちゃ駄目《だめ》だ！」

立夏は今にも飛び降りそうな男に背後から抱《だ》きつく。

道のほうへ引き戻《もど》すつもりが、焦りが先立って脚《あし》が縺《もつ》れ、身体が前に倒れた。そのまま立夏に背を押される形でバランスを崩《くず》した男と共に、立夏は川へ落ちた。

川の中はやけに明るかった。どうなっているのか、川底から湧《わ》く不思議な光に照らされて、男の顔が浮かび上がる。

それは、夢の中で立夏を呼んだ男のものだった。

間違いない。服装は立夏と似たようなものに変わっているけれど、額にはあの花のタトゥーがある。男も驚いた顔で、立夏に何かを言おうとしている。

訳がわからなかったが、今はとにかく川から上がるほうが先決だ。

どんな理由があるのか、光る川底へ頑《かたく》なに向かおうともがく男と離れてしまわないよう、その痩せた身体を力尽《ちからず》くで抱きこんで立夏は必死で泳いだ。

水面《みなも》の向こうでゆらゆらと揺れる白い月を目指して、上へ上へと。

「――はっ。だい、じょうぶ、で……」

水を撥《は》ね上げて川面に顔を出し、男の無事を確かめようとした。だが、男の姿はなかった。あんなにしっかり抱いていたのに、男は立夏の腕《うで》の中から消えていた。

そんな感触《かんしょく》はなかったが、立夏の腕を擦《す》り抜《ぬ》けて流されたのだろうか。

慌《あわ》てて周囲を見回し、立夏は呆然《ぼうぜん》と目を見開く。視界に映ったのは、見慣れた町の景色ではなかった。一面の黒い木々。暗い夜の森だ。

「え……」

川の両側には民家やマンションが密集しているはずが、その輪郭《りんかく》がどこにもない。もう一度顔を浸《つ》けてみた川の中は先ほどまであんなに明るかったのに、今は自分の身体すら判然としないほど黒い。

「……どう、なってるんだ？」

水中にいたのは一分にも満たない時間だ。そんな短時間で見知らぬ場所へ流れ着くとは考えにくい。何より、あの川の下流にはこれほどまでに緑豊かな場所などない。

――一体、ここはどこだろう。

呼吸をするたびに深まる驚きと困惑《こんわく》を抱えて見上げた夜空からは、月が消えていた。代わりに宝石のような鮮《あざ》やかな煌《きら》めきを宿す星が一面に散っている。星空は清く澄《す》んでいて、認めがたいけれど明らかに東京のそれではない。

「――誰か！　誰か、いませんか？」

放った声に答えは返ってこない。男の行方《ゆくえ》が気がかりだったが、このまま川の中にいるわけにもいかず、立夏は岸辺へ泳ぐ。

辿《たど》り着いた岸辺は護岸工事がされていなかった。やはり、この川は立夏が子供の頃《ころ》から知る川ではない。

立夏は財布《さいふ》とスマートフォンを入れていたジーンズの尻《しり》ポケットを探《さぐ》った。スマートフォンは防水機能つきなので淡い期待をしたが、ポケットは空だった。川の中で落としたようだ。

途方《とほう》に暮れ、立夏は草地に座りこむ。家の近所では決してないここがどこなのかを確かめる術《すべ》も、救助を呼ぶ術もない。こんなに暗くては、あの男も捜せない。

身の安全を考えれば、明るくなるまで動かないほうがよさそうだ。

「夢なら覚めてくれ……」

心の底から願い、両頬《ほほ》を強く叩《たた》いてみたが、ただ痛いだけで、状況《じょうきょう》が変わる気配はない。

これは夢ではなく、紛《まぎ》れもない現実のようだ。

混乱と恐怖《きょうふ》と心細さがない交ぜになってわななかいた唇《くちびる》から、続けざまにくしゃみが散った。

夜気自体は蒸し暑いが、川に浸かった身体《からだ》は冷えている。

濡《ぬ》れた布地に体温を奪《うば》われないようTシャツを脱《ぬ》いだときだった。

何かが聞こえた。澄ました耳に複数の男たちの声が届く。

人だ。人がいる。どっと湧き出た安堵感《あんどかん》から、立夏は上半身裸《はだか》のまま森へ飛びこんだ。人がいるということはどこかに道があるのかもしれないが、暗くて何も見えない。聞こえてくる声を頼《たよ》りに、立夏は手探りで足を踏み出す。時折、木の枝が当たって剝《む》き出しの肌《はだ》を傷つけたが、気にしている場合ではない。

彼らが追いつけない場所へ移動してしまう前に、助けを求めなければ。

拾った長い棒で足場の確認《かくにん》をしながら、立夏は懸命《けんめい》に前へ進んだ。人の気配が近くなるにつれ、彼らの発している言葉もはっきりしてきた。

「――丸！　どこにいる篝丸《かがりまる》！　聞こえたら返事をせぬか！」

男たちは「篝丸」を捜しているらしい。人の名前にしては少し奇妙《きみょう》だ。きっと、逃《に》げ出したペットか何かだろう。

「おお、鐡《くろがね》様！　あそこに篝丸めが！」

「まったく、手間をかけさせおって」

どうやら、捜していたペットが見つかったようだ。言葉遣《ことばづか》いは多少荒《あら》っぽくて妙《みょう》な気もするが、彼らは一安心しているだろうし、いきなり湧いて出た半裸《はんら》の男が救助要請《ようせい》をしてもちゃんと相手をしてくれるだろう。

そんな楽観的希望を抱《いだ》いたとき、ふいに前方に明かりが見えた。明々と揺《ゆ》れる光に向かって、立夏は叫《さけ》ぼうとした。だが、放とうとした声は喉《のど》の奥へ滑《すべ》り落ちた。

赤い光は松明《たいまつ》の火だった。その松明を持つ男たちは褐衣《かちえ》と括袴《くくりばかま》を纏《まと》い、腰《こし》に太刀《たち》を帯びている。平安時代の資料で見る武官の装いによく似ている。

一瞬《いっしゅん》、時代劇の撮影《さつえい》かと思ったが、スタッフや機材などがまったく見当たらない。撮影でもないのに、あの衣装。そして、変に時代がかった口調。もしかすると、なりきりコスプレイヤーの集団だろうか。おかしな格好をした男たちに声を掛《か》けるべきか迷い、咄嗟《とっさ》に木の陰《かげ》に身を潜《ひそ》ませたときだった。

「鐡様、私《わたくし》はここに！」

甲高《かんだか》い声が響《ひび》き、男たちの向こうの闇《やみ》の中から何か小さくてひらひらしたものがちょこちょこと小走りに寄ってくる。

目を凝《こ》らした直後、立夏は視界が捉《とら》えた光景に呆然と息を呑《の》む。

ひらひらと揺れていたのは、水干の長い袂《たもと》だった。あのコスプレイヤーたちの仲間なのだから、服装にはもう意外性を感じない。立夏が驚いたのは、その中身だ。

袴が古いドラマで見た提灯《ちょうちん》ブルマのように短く丸い形状になっているが、おそらく童水干《わらわ》だろう服に身を包んでいるのは、ブルーグレイの毛並みの小さな仔猫《こねこ》だった。——しかも、二本足で立って走り、喋《しゃべ》っている。

「こんな時間までどこをうろついておった、篝丸！　無花果《いちじく》はどうした、無花果は！」

「申し訳ありません、鐡様」

篝丸が、鐵という名のリーダー格らしい男の足もとで平伏《へいふく》する。

痛みや寒さをちゃんと感じるのだから、夢を見ているわけではない。なのにどうして、幼い頃の自分の妄想《もうそう》の産物でしかない——夢の中の平安京ランドにしか存在していないはずの喋る動物が目の前にいるのだろう。

「まだ時季が少し早うございますゆえ、美味《おい》しく召《め》し上がっていただけそうな実がなかなか見つからず……。今しばし、ご猶予《ゆうよ》を」

その答えに、男たちが次々と喚《わめ》き出す。

「朝から一日かけて、ひとつも採っておらぬのか！」

「この役立たずの鈍間《のろま》猫《ねこ》が！　貴様のせいで、わしらが瀬良《せら》様からお叱《しか》りを受けたのだぞ！」

「瀬良様の堪忍袋《かんにんぶくろ》は切れる寸前だ！　その前にと、わざわざ受け取りに来てやったのにまったくの無駄骨《むだぼね》ではないか！」

伏《ふ》したまま「申し訳ありません」と繰《く》り返した篝丸を、男のひとりが「さっさと無花果を探してこい！」と忌々《いまいま》しげに蹴《け》りつける。

わずかな声を漏《も》らして小さな身体を転がした篝丸を見た瞬間、猛烈《もうれつ》な怒《いか》りが滾《たぎ》った。

交《か》わされる会話から想像するに、瀬良という者の命令で仔猫の篝丸は無花果を探していたが見つからず、暗くなっても帰ってこない篝丸を鐵率いる男たちが捜しに来たようだ。

こんな小さな仔猫ひとりに、まだ実っているかどうかも定《さだ》かでない無花果を探させるなど虐《いじ》め以外の何ものでもない。

理解しがたい光景の意味を考えるのはあとだ。

今はただ、理不尽《りふじん》に虐《しいた》げられている小さな仔猫を助けたかった。

立夏は木の陰《かげ》から躍《おど》り出て、手にしていた棒を暴力男目がけて投げつけた。棒の切っ先を胸に受けて膝《ひざ》を折った男をさらに蹴り飛ばし、素早《すばや》く篝丸を抱《だ》き上げる。

「こんな小さい無抵抗《むていこう》の仔猫相手に大の大人が寄ってたかって、何をやってるんだ！」

「何だ、貴様は！」

男たちが次々に太刀を抜く。

立夏の父親が病に倒《たお》れたとき、治療《ちりょう》費を工面するためにすべて売り払《はら》ってしまったが、代々道場を営んできた市花家には祖先から受け継《つ》いだ真剣《しんけん》が数口あった。

幼い頃から刀は身近なものだったので、立夏にはわかる。こちらに向けられるぎらつく刃《やいば》は本物だ。男たちの発する殺気も強く、揺るぎない。おそらく、この男たちは人を切った経験があるのだろう。立夏が動けば、躊躇《ためら》いなく斬《き》りかかってきそうな雰囲気《ふんいき》だ。

あのまま見過ごすことなど決してできなかったが、もう少し結果を想像してから行動すべきだったかもしれない。

背を冷や汗《あせ》が伝う。腕に多少の覚えがあったところで、丸腰《まるごし》では意味がない。男たちの力量によっては誰《だれ》かの刀を奪うことは可能かもしれないが、助けを乞《こ》いたい身で彼らと戦うことが自分のためになる行為《こうい》なのか、咄嗟には判断がつかなかった。

迷いと、そうしているあいだにも殺されるかもしれないという本能的な恐怖で身体を強張《こわば》らせた立夏の腕《うで》の中から篝丸が「お待ちください！」と叫ぶ。

篝丸は身を捩《よじ》って地面に飛び下り、鐡の前で再び平伏する。

「見たところ、この御仁《ごじん》は都を目指しての山越《やまご》えの途中《とちゅう》で追いはぎに遭《あ》われでもしたのでしょう。疲《つか》れと空腹とで正気を失ってしまわれた気の毒なお方やもしれませぬ。ご無体なことはなさいませぬよう、どうかお慈悲《じひ》を！」

地に額を擦《こす》りつけるようにして乞い、篝丸は「それに！」と高く声を発した。

「無益な殺生《せっしょう》をなされば、竜楼《りゅうろう》様はきっとお咎《とが》めになるはずでございます」

「黙《だま》れ、篝丸！　卑《いや》しい獣《けもの》ふぜいの指図など受けぬわ！　貴様はさっさと無花果を探してこい！」

鐡に怒鳴《どな》られ、篝丸は立ち上がる。会釈《えしゃく》するようにちらりと立夏を見た青く透《す》き通った目は、鐡たちに逆らうなと忠告しているふうだった。

口汚《くちぎたな》く罵《ののし》られ、乱暴に突《つ》き飛ばされたりしながら、篝丸は森の闇の中へ戻《もど》ってゆく。愛護すべき小さな仔猫にあんな非道を犯《おか》す男たちに、腹が立って仕方なかった。

けれども、立夏は今度は何もしなかった。一言の抗議《こうぎ》すらも。

心は認めることを頑《かたく》なに拒《こば》んでいたけれど、理性は諦観《ていかん》して受け入れている。

ここは東京ではない。古《いにしえ》の日本を思わせ、言葉がちゃんと通じてはいても、ここは日本ではない。自分は今、リアルで鮮明《せんめい》な夢を見ているのではなく、あの平安京ランドに実際に来てしまっているらしい、と。

人と喋る動物とが共存するこの世界には、厳しい身分制度があるようだ。その秩序《ちつじょ》を乱して篝丸を庇《かば》ったりすれば、却《かえ》って篝丸の立場を悪くしてしまうかもしれない。それに、助けの手を差し伸《の》べてくれそうな者が誰もいない中では、下手に逆らわないことが自分のためだとも立夏は思った。

「おい、券書を出せ」

遠ざかる篝丸の後ろ姿に鼻を鳴らし、男たちに目配せをして太刀を収めさせた鐵が、立夏を睨《にら》んで居丈高《いたけだか》に告げる。

「……え？」

「この山には里の者か、遊子しかおらぬ。そのような珍奇《ちんき》な格好、貴様、里人ではあるまい。ならば、券書を持っているはずだ。さっさと出せ！」

どうやら通行手形の類《たぐい》を求められているらしい。遊子とは旅人のことなのだろう。

立夏は急いで考えを巡《めぐ》らせた。真実を告げたところで、この男たちが信じてくれる可能性は低い。悪くすれば、危険な異分子と見なされて処分されかねない。

川に落ちてこうなったのだから、もう一度川へ飛びこめば元の世界へ戻れるかもしれない。もし、駄目《だめ》だったとしても、正直に事情を話して助けてもらうのはこの乱暴な男たち以外がいい。とにかく、今はここを離《はな》れて来た道を引き返したい。

何とかごまかして乗り切ることにして、立夏は「持っていません」と首を振《ふ》った。

「この通り、追いはぎに身ぐるみはがされましたので……」

「名は？　郷里《くに》はどこだ？　どこから来て、何の目的でどこへ行くのだ」

「賊《ぞく》にすべてを奪《うば》われてしまった上、詳《くわ》しいことは何もお話しできませんが、実は都のある高貴なお方に至急お知らせしなければならないことがあるんです。あの……、そんなわけですので、行ってもいいでしょうか？」

もっともらしい顔ででたらめを並べた立夏を、「いいわけがあるか！」と男のひとりが力任せに蹴った。

「でたらめを申すな！」

「でたらめではありません。今は券書も書札も持っていないので証明することはできませんが、俺——私はある高貴な方の使者です。私が都に着かなければ、その方は私を必ず捜します。あなた方が私の邪魔《じゃま》をしたとわかればきっと大変なことになりますが、それでもいいのですか？」

立夏は身分を証明するものを何も持っていない。それは裏を返せば、男たちが立夏を「貴人の使者ではない」と確実に否定する証拠《しょうこ》もないということにもなる。

いわゆる「悪魔《あくま》の証明」を利用して、自分を使者だと思い込んでもらえるよう、立夏は愛想《あいそ》よくかつ堂々と振る舞《ま》ってみせた。けれども思惑《おもわく》は外れ、男たちは立夏の誘導《ゆうどう》には乗ってくれなかった。

「何を馬鹿《ばか》なことを申すか！　鐵様。この男、いよいよ怪《あや》しいですぞ！」

「さよう！　どこから来たにせよ、急いで都へ行くのに天羽《あもう》ではなく、わざわざこの険しい埴生馬《はにゅうま》の山を越《こ》えるなど、道理が通りませぬ！」

「斬り捨てましょう！」

物騒《ぶっそう》な雄叫《おたけ》びを上げて太刀《たち》を抜《ぬ》きかけた男を、鐵が「待て」と制す。

「この男は瀬良様にお任せしよう」

「しかし、このような素性《すじょう》の知れぬ輩《やから》をお屋敷《やしき》へ入れるのは危険ではありませぬか？」

「こやつの言葉の真偽《しんぎ》は我らには判断できぬ。万が一にも本物の使者だった場合、後々面倒《めんどう》なことになるやもしれぬ」

リーダー格の鐵はほかの者たちよりも理知的らしい。そのぶん、立夏のかけた罠《わな》に引っかかってくれたようだ。

「それに、竜楼様は血の臭《にお》いに敏感《びんかん》だ。ただでさえ、伊沙羅《いさら》様より遣《つか》わされた我らは疎《うと》まれておる。ご機嫌《きげん》を損《そこ》ねでもしたら、任を解かれるやもしれん」

鐵たちが話し合っている隙《すき》に逃《に》げるべきだったのかもしれない。だが、失敗を避《さ》けようと慎重《しんちょう》になるあまり、機会を逸《いっ》してしまった。

立夏は男たちに一斉《いっせい》に摑《つか》みかかられて両手を後ろ手に縛《しば》られ、山道を歩かされた。

一歩足を踏《ふ》み出して川から離れるごとに、自分の家からも遠ざかっている気がして、不安が募《つの》る。だが、自由を封《ふう》じられた身では抵抗することもできない。

やがて、ぐるりを築地塀《ついじべい》で囲まれた大きな山荘《さんそう》に辿《たど》り着いた。通用門をくぐって中へ入る。

男たちが持つ松明《たいまつ》の明かりだけでは暗くてよく見えなかったが、いくつかの平屋の建物があり、その向こうにさらに塀が続いている。寝殿《しんでん》造りに似た屋敷のようだ。

「わしは瀬良様をお呼びしてくる。お前たちはそいつを牢《ろう》へ入れておけ」

鐵がふたりの男を率いてどこかへ消えた。残された長身の男とひょろりと痩《や》せた男が、立夏を通用門近くの小屋へ引き摺《ず》って行った。

粗末《そまつ》だが堅固《けんご》で、窓のない外観。聞き違《ちが》いであってほしかったけれど、中はやはり牢だった。中央に見張り役が使うらしい椅子《いす》が置かれたり、灯籠《とうろう》が吊《つる》されたりしているスペースがあり、その両脇《りょうわき》に木製の格子《こうし》が嵌《は》められた三畳《じょう》ほどの空間。床《ゆか》はどこも土だ。

「入ってろ！」

手を縛られたまま、背を突き飛ばされた。不意打ちのような衝撃《しょうげき》だったせいでバランスを崩《くず》し、立夏は床の上に倒れた。

肩《かた》を強《した》かに打つ。感じた痛みで、これが現実なのだと改めて思い知る。胸の奥から恐怖心《きょうふ》が溢《あふ》れ出てきたが、今すべきは怖《こわ》がることではなく、状況《じょうきょう》の打開策を考えることだ。

胸を重くする弱い気持ちを払拭《ふっしょく》するように、頭を大きく振ったそのときだった。牢の鍵《かぎ》を閉めていた痩身《そうしん》の男がふいに「おい！」と叫《さけ》んだ。格子越《ご》しに立夏を凝視《ぎょうし》する顔には、なぜか驚愕《きょうがく》が広がっている。

「おい、見ろ！　こいつ、朱《しゅ》の徴《しるし》がある！」

「あん？　何を馬鹿なことを」

牢の前で灯籠《とうろう》に火を灯《とも》していた長身の男が鼻で笑う。

「お前、痣《あざ》か何かを見間違《みまちが》えたんじゃ――」

手にしていた灯籠を掲《かか》げて立夏の顔を照らし見たとたん、その男もひどく驚《おどろ》いた表情で息を呑《の》んだ。

「呪禁師《じゅごんし》か？」

「馬鹿な。方士《ほうし》ならば、これほど簡単に俺たちの自由になるものか」

「羅刹《らせつ》の変化《へんげ》かもしれんぞ……！」

男たちは意味のわからないことを矢継《やつ》ぎ早に口にし、「瀬良様にお知らせせねば！」と血相を変えて牢屋《ろうや》を飛び出して行った。

饐《す》えたような異臭《いしゅう》が微《かす》かに漂《ただよ》う牢にひとりで取り残されると、心細さが足もとから這《は》い上がってきた。濡《ぬ》れて、肌《はだ》に張りつくジーンズに体温を奪われるようで寒い。

男たちは一体何に驚いていたのだろうか。灯籠のぼんやりとした明かりの中で、立夏は目を凝《こ》らした。川や山の中でできたらしいかすり傷や打ち身の痕《あと》はたくさんあるものの、自分で確《かく》認《にん》できる範囲《はんい》に赤い痣だか黴だかに見えるものなどない。

「何が、どうなってるんだよ……」

そもそもの始まりは目撃《もくげき》してしまった自殺行為《こうい》をとめようとしたこと。

悪事を働いたわけでもないのに、どうしてこんな酷《ひど》い目に遭《あ》わなければならないのだろう。

しっかりしろ、元の場所に帰る方法を探すんだと自分を鼓舞《こぶ》してみても、疲《つか》れが頭の芯《しん》を痺《しび》れさせていて、いい考えなど何も浮《う》かばない。

立夏はため息をついて、力なく座りこむ。理不尽《りふじん》な状況にどれだけ腹が立っても、どこの誰《だれ》とも知らない男の自殺など見ない振りをすればよかったと思えるような性格はしていないぶん、やるせない憤《いきどお》りが体内を駆《か》け巡る。

膝《ひざ》を抱《かか》えて肌寒《はだざむ》さに震《ふる》えながら、どれくらいの時が過ぎた頃《ころ》だろう。牢屋の出入り口から入ってくる人影《ひとかげ》があった。あの鐵という男と、烏帽子《えぼし》を被《かぶ》って狩衣《かりぎぬ》を纏《まと》った上品そうな三十前後の男も一緒《いっしょ》だ。

「瀬良様、この男です」

鐵に恭《うやうや》しく「瀬良様」と呼ばれた狩衣の男が、格子の向こうから立夏をのぞき込む。

この男が、篝丸に無花果《いちじく》を取ってこいと命じた張本人のようだ。

「ほう。確かに徴があるな」

「捕《と》らえたときには気づきませんでした。しかし、このように薄汚《うすよご》れた方士など見たことがありませぬ。そもそも、草沢《そうたく》の方士だとしても、そうならそうと申すはずです」

鐵の言葉に瀬良は軽く頷《うなず》いて、「そなた、一体何者ぞ」と立夏に尋《たず》ねた。

「……ある尊いお方のもとへ参る途中《とちゅう》の使者です」

「呪禁師ではないのか？」

質問の意味がわからなかったので、立夏はぼろを出さないよう「使者です」と繰《く》り返す。

「では、その尊い方とやらの名を申せ」

「訳あってそれはできませんが、私はとても大事な用を任されています。ここから出していただけませんか？」

「それはそなたの主《あるじ》の名を確認してからだ。そこを出たくば、疾《と》く申せ」

立夏は立ち上がる。そして、貴人の使者に相応《ふさわ》しい尊大さを装い、一か八《ばち》かの賭《かけ》に出た。

「――私の主はとても尊いお方です！　私にこのような仕打ちをしたとわかれば、必ず罰《ばっ》せられますが、その覚悟《かくご》がありますか？」

最後まで騙《だま》し通せるとはさすがに思ってはいない。多少なりとも瀬良に危機感を抱《いだ》かせ、牢の外で手の縄《なわ》を解かれるだけでいい。今、ここにいるのは鐵と瀬良のみ。しかも、瀬良は丸腰《まるごし》の優男《やさおとこ》だ。このふたりだけなら、相手にできる。

鐵から刀を奪いさえすれば、きっとここから逃げられる。――逃げてみせる。

「え……」

「お主が帝《みかど》の密使であれば話は別だが、そうでなければ何の脅《おど》しにもならぬぞ」

「ついでに教えてやるが、私は都の貴人をすべて記《き》憶《おく》しておる。下手な嘘《うそ》やごまかしは身のためにはならんぞ」

必死の覚悟をあっさりと打ち砕《くだ》いた瀬良の酷薄《こくはく》な笑《え》みが、立夏の記憶を呼び覚ます。

――竜楼様。篝丸や鐵が口にしていたあの言葉。誰かの名前かと思い聞き流していたが、「竜楼」とは東宮《とうぐう》の異称《いしょう》だ。

鐵が部下の男たちと交《か》わしていた会話や、こうして立夏を直々に取り調べていることから察するに、瀬良は東宮に仕えている官人だろう。そんな立場の者なら『公卿補任《くぎょうぶにん》』のような高位の貴族名簿《めいぼ》を記憶していても不思議ではない。

これ以上作り話を重ねても無駄《むだ》なのだという諦《あきら》めが湧《わ》くと同時に、腹が据《す》わった。このまま怪しい法螺《ほらふ》吹きでいるよりも、真実を告げたほうが嘘をついたことへの温情を受けられるかもしれない。

「……あの、信じてもらえないとは思いますが、俺はこの世界の住人ではありません。川に落ちて、この世界に来てしまったんです」

「ほう。どこから来た？」

信じているのかいないのか、判然としない顔で瀬良が問う。

「日本という国からです」

「にほん。……ああ、中津国《なかつくに》のことだな」

「はい。中津国は神話の中の呼び名で、今の国名は――、え？」

言いかけて、立夏は大きく目を見開く。

「あの、日本が――、俺の言ってることがわかるんですか？」

立夏は目の前の格子を握《にぎ》りしめ、叫ぶ声音《こわね》を放つ。

「使者というのは嘘で、本当は異界人だと言いたいのであろう？」

事もなげに頷かれ、立夏は呆然《ぼうぜん》とする。

「……ここは、どこですか？」

「東雲国じゃ」

居酒屋で見た夢の中で、サバトラ猫《ねこ》の母子が口にしていた国名だ。

「東宮……、竜楼様には雪豹《ゆきひょう》の耳と尾《お》がありますか？」

あの夢で見聞きしたことがどこまで正確なのか確かめたくてそう尋ねた直後、鐵が「無礼者が！」と怒声《どせい》を轟《とどろ》かせた。

「何も知らぬ異界人の顔をしておきながら、東宮様のことを聞き出そうとするなどと……！

瀬良様、この男はやはり羅刹の変化か、あるいは沙霧《さぎり》宮側の間者やもしれませぬ」

よく意味のわからない言葉を並べてしきりに「怪《あや》しい」「怪しい」と繰り返す鐵も、それに何やら応じている瀬良も、立夏の問いを無視したが、その態度で答えはわかった。

おそらく、あの夢が見せたのはこの国の現在だ。この東雲国には雪豹の耳と尾を持つ半人半獣《じゅう》の美しい東宮がいて、瀬良や鐵はその東宮の臣僕《しんぼく》なのだろう。

けれど、今そんなことはどうでもいい。瀬良が「中津国」という日本の古称《こしょう》を知っていたり、「異界人」という呼び名までちゃんとあるということは、古《いにしえ》よりこの平安京ランドと日本のあいだで人の行き来があったということに違いない。にもかかわらず、日本では「異世界」とは空想の産物でしかない。

その意味を考えて、立夏は背筋を寒くする。

何事かを話し合っている瀬良と鐵に、立夏は「あの！」と声を掛《か》ける。

「俺は、川に飛び込もうとしていた人を助けようとして、うっかり一緒に川へ落ちて、気がついたらこちらの世界にいたんです。いわば事故で……、自分の意志に関係なく、ここへ来てしまったんです。それに、日本ではこの国のことはまったく知られていませんし、こういうときにどうすればいいのか全然わからなくて……、それで咄嗟《とっさ》にあんな嘘をつきました。何かおかしなことを企《たくら》んでいるわけじゃないんです。あなたたちの目には怪しい輩《やから》に映っているでしょうけれど、俺はただ帰りたいだけなんです。方法を教えてください。教えてもらえれば、すぐに消えますから」

一気に捲《まく》し立ててから、立夏は叫《さけ》ぶように続けた。

「帰る方法、あるんですよね？」

「ああ、もちろんじゃ」

「——お、お願いしますっ、教えてください！」

もしかすると、一度こちらの世界へ来ると帰れないのではないかと怯《おび》えたぶん、立夏は心底ほっとした。だが、それもつかの間だった。

「その前に、そなたの正体を確かめねばならぬ」

「正体って……。今、言ったじゃないですか。俺、もう嘘は何も言っていません」

「では、異界人にはあるはずのない徴がそなたにあるのはなぜじゃ？」

「え……？」

「そもそも、異界人とはこちらの世の理《ことわり》を何も知らず、ただ泣き喚《わめ》くことしかできぬ憐《あわ》れな者たち。なのに、そなたは東宮様のことを知っておる。一体、なぜじゃ？」

詰問《きつもん》する瀬良の目はひどく冷たく、「夢で見た」などと告げても信じてもらえそうにない。それに、先ほどから瀬良たちが何度も口にしている「徴《しるし》」も何のことなのかさっぱりわからないが、質問に質問を返せるような雰囲気《ふんいき》でもない。

答えに迷ったとき、牢屋《ろうや》の出入り口が再び開いた。新たに五人の男たちが入ってくる。そのうちのひとりは鐡の部下だ。けれども、ほかの粗末《そまつ》な直垂《ひたたれ》姿の者たちは人間ではない。犬が二匹《ひき》と、狐《きつね》と猿《さる》が一匹《いっぴき》ずつ。先ほど見た篝丸よりもずっと大きくて、人間と変わらない背丈《せたけ》をしている。

「瀬良様、お待たせいたしました」

鐡の部下が進み出て、瀬良の前で頭を下げる。

頷いた瀬良は直垂を着た犬たちに卑《いや》しむような視線を投げ、「その者たちを中へ入れよ」と低く命じる。

部下の男が牢の鍵《かぎ》を開け、鐡に「行け」と促《うなが》された犬たちが牢の扉《とびら》を次々くぐる。立夏のように手を縛《しば》られたりはしておらず、捕らえられた罪人というわけでもなさそうだ。だが、なぜかこちらを凝視《ぎょうし》してくる目の光に嫌《いや》なものを感じて、立夏は壁際《かべぎわ》へ後ずさった。

「どうだ、匂《にお》うか？」

鐡の発した問いに、猿が「はい」と応じる。

「とても香《かぐわ》しいぃ……、よぉい匂いがいたしますぅ」

「まるで……、天女《てんにょ》様のような匂いぃ……」

犬や狐が口々に答える。まるで酔《よ》っているかのような舌の縺《もつ》れた口調以上に、その股間《こかん》の大きな盛り上がりにぞっと鳥肌《とりはだ》が立つ。

獣たちが性器の形状を変えている理由を直感した本能が逃《に》げろと警鐘《けいしょう》を激しく鳴らしたが、逃げる場所などどこにもない。

「好きなように、匂いを確かめるがよい」

瀬良の言葉を合図にしたかのように、猿たちが一斉《いっせい》に襲《おそ》いかかってくる。

避《さ》ける間もなく地面の上に身体《からだ》を押し倒《たお》されたかと思うと、肌《はだ》をなめ回されたり、ジーンズの金具やファスナーを力任せに引きちぎられた。

「――やめろ！　触《さわ》るな！」

縛られた手と足を滅茶苦茶《めちゃくちゃ》に振《ふ》り回したが、そんな抵抗《ていこう》など易々《やすやす》と封《ふう》じ込められた。狐が立夏の腕《うで》を頭の上で押さえつけ、二匹の犬が立夏のジーンズを下着ごとはぎ取り、猿が乳首《ちくび》を乱暴に弄《いじ》る。

「おお……、何と美しいぃぃぃ。珊瑚《さんご》のようにつややかで、触り心地《ごこち》のよい乳首じゃぁ」

「ひ、ぃ……っ」

人間に近い指先で乳首を引っ張られたり、捏《こ》ねられたりする気色の悪さに、喉《のど》が痛いほど引きつった。

「魔羅《まら》もじゃぁ！　こんなに透《す》き通った桃色《ももいろ》の魔羅など見たことがない！」

「きっ、菊壺《きくつぼ》は？　菊壺はどうじゃっ！　わしにも見せろ！」

興奮して涎《よだれ》を垂らす狐が吠《ほ》えると、犬が立夏の両脚《りょうあし》を抱《かか》えて頭のほうへと倒した。身体を二つ折りにされ、狐の眼前で秘所のすべてを晒《さら》す格好になる。

「おおぉ！　まさに菊じゃ！　大輪の菊のごとき麗《うるわ》しさじゃ！」

狐は立夏の腕を尻《しり》で踏《ふ》みつけ、前のめる勢いで窄《すぼ》まりの表面を舐《な》めた。

「ひっ」

とんでもない場所をぬめぬめと舌が這《は》う感触《かんしょく》に、吐《は》き気がした。

「う、うぅ……っ」

丸められた背の向こうで、犬たちが袴《はかま》を解く気配がする。猿も胸を弄る手をとめて、袴を素早《すばや》く脱《ぬ》ぎ捨てる。滴《したた》る淫液《いんえき》でぐっしょりと濡《ぬ》れた卑猥《ひわい》なものをすぐ目の前で見せつけられ、どうしようもない嫌悪感《けんおかん》が突《つ》き上げてくる。

「――や、やめろ！　放せ、放せ、放せ！」

立夏は力の限り絶叫《ぜっきょう》したが、獣たちの動きは激しくなるばかりだ。

狐の舌は窪《くぼ》みの中央を突き刺《さ》し、無遠慮《ぶえんりょ》な出入りを始める。猿は勃起《ぼっき》したペニスで乳首を擦《こす》りだし、二匹の犬も立夏の背中でぬるつく勃起を擦る。

手を縛られた格好で前からは秘所を舐め啜《すす》られ、後ろからも横からも獣の勃起をぐいぐいと押しつけられ、身動きが取れない。獣たちが入ってきた牢の扉は開けられたままなのに、逃げることができない。

「おおぉ……！　おおぉ……！　何という香しさじゃ。魔羅に神秘の力が漲《みなぎ》るようじゃ」

「天にも昇《のぼ》る心地とは、まさにこのことじゃ！」

獣たちは興奮を深め、何かの冗談《じょうだん》のように大量の淫液をグロテスクなペニスから垂れ流しているが、立夏の身体は一方的に施《ほどこ》される刺激《しげき》にはまったく反応しない。

「やめ……ろっ！　やめろぉ！」

不自然な体勢で逆さにされて、ぶらぶら揺《ゆ》れているペニスも陰嚢《いんのう》も縮こまっている。性の悦《よろこ》びを何も知らない身体を獣に荒《あ》らされることがただひたすらに不快で、悔《く》し涙《なみだ》が出た。

立夏は首を捩《ねじ》って、格子《こうし》の向こうに立つ見物人を睨《にら》みつけ、叫んだ。

「あんたら、何のつもりだ！　今すぐ、やめさせろ！」

匂いがどうのとか口にしていた瀬良たちに、人と獣とが交わろうとするこの光景を楽しんでいる様子はない。何かを見極《みきわ》めるような、冷めた目つきで立夏を観察している。

「これはどういうことじゃ。獣人《けものびと》らはあれほど盛《さか》っておるのに、あの男、まるで反応しておらぬ。呪禁師《じゅごんし》なのか、そうではないのか……」

「瀬良様。この男、一体、何者でございましょう」

鐵が不可解そうに言った直後だった。

「やめぬか、お前たち！」

ふいに鋭《するど》い制止の声が響《ひび》き渡《わた》り、どこからか牢の中へ小さな球が投げこまれる。それと同時に、獣たちが悲鳴を上げて仰け反った。

「ぐ、おおぉ……！」

いきなり解放された身体が地面に叩《たた》きつけられる。

立夏には何も感じられないけれど、テニスボールほどの大きさの球は獣にだけ効く臭気《しゅうき》でも発しているようだ。犬たちはしきりに目や鼻先を押さえて悶絶《もんぜつ》している。

「瀬良、異界からの客人《まれびと》がおるそうだな」

凛とした声音《こわね》を放って近づいてきた誰《だれ》かが、もう一度、球を投げ込んだ。すると、獣たちの苦しみようが目に見えて収まっていった。

球を投げたのは、指貫《さしぬき》に裾《すそ》長の衣《ころも》を纏《まと》い、漆黒《しっこく》の髪《かみ》を長く垂らした背の高い男だった。一瞬《いっしゅん》、恐怖《きょうふ》すら感じるのは完璧《かんぺき》に整った美貌《びぼう》のせいだろうか。おそらく、普通《ふつう》なら人前に出る格好ではないはずだし、特に煌びやかな衣を纏っているわけでもないのに眩《まぶ》しいほどに美々しく感じられるその男は頭に雪豹《ゆきひょう》の耳を生やしていた。

「殿下《でんか》！」

瀬良たちが色を失った様子で一斉に跪《ひざまず》く。

「と、東宮様じゃ……！」

獣たちも酔いが覚《さ》めたような顔で慌《あわ》てふためいて身繕《みづくろ》いをし、地にひれ伏《ふ》す。

立夏も急いで上半身を起こしたものの、手を縛られた丸裸《まるはだか》の状態では身なりを整えることなどできない。せめてなるべくその視線に入らないよう、牢の隅《すみ》へ身を寄せる。

「瀬良。私はこの山奥の退屈《たいくつ》を紛《まぎ》らわせるものがあれば知らせよと言ったはず。なぜ言わぬ」

「……この者は自分は異界人だと申しておりますが、こちらへ来た異界人はこの世のことは何も知らないのが常。にもかかわらず、この者は殿下のことを知っていた上、額に朱《しゅ》の徴がございます。この者の話すことは辻褄《つじつま》の合わぬことばかりゆえ、まずは徴が本物かどうかを確かめておりました」

瀬良は流れるように告げたあと、ちらりと顔を上げた。

「それにしても、誰がこの者のことを殿下のお耳に入れたのでございますか？」

「質《ただ》しているのは私だ、瀬良」

厳しい口調に瀬良は「はっ」と再び顔を下げる。

「瀬良。私は、か弱き者を虐《しいた》げるような外道《げどう》の行為《こうい》を禁じたはず。つい先日も念を押したが、まるで覚えておらぬようだな」

「い、いえ……。決してそのようなことは……」

「ならばなぜ、この客人や篝丸を虐げる」

静かな怒《いか》りを宿す声を紡《つむ》ぎながら、東宮《とうぐう》は牢の扉をくぐる。

「殿下っ、お待ちを！　危のうございますっ！」

鐵が狼狽《うろた》えたふうに東宮をとめる。

「近づかれてはなりませぬ！　その者は羅刹《らせつ》の変化《へんげ》やもしれませぬ！」

「そうだとして、私が羅刹ひとりに斃《たお》されるような男だと思うておるのか？」

「――め、滅相《めっそう》もございません！　殿下の優《すぐ》れた武勇には、羅刹が束になっても敵《かな》うはずもありませぬ」

「本心でそう思っているのであれば、黙《だま》っておれ」

言うと、東宮は着ていた裾長の衣を脱いで、隅で蹲《うずくま》る立夏に掛《か》けた。

「そなた、大事ないか？」

「は、はい……。ありがとう、ございます……」

正視できないほどの凄艶《せいえん》な美貌が眼前に迫《せま》り、息がとまりそうになる。

立夏は衣に顔を埋《うず》めるようにして、何度も頷《うなず》く。

「そなたらは里の者か？」

尋《たず》ねられた犬たちが上擦《うわず》った声で「はい」と応じ、さらに深く額《ぬか》ずく。

「あの者たちに無理やり連れてこられたのであろう。もう里へ帰るがよい。鼻は朝には元に戻《もど》るゆえ、案ずるな」

「も、もったいのうございますっ」

犬たちは伏したまま転がるような勢いで牢屋《ろうや》を出て行った。

「瀬良。そなたもこの屋敷《やしき》から即刻《そっこく》立ち去れ。追放する」

「な、なぜでございますか、殿下っ。私《わたくし》は殿下の御為《おんため》を思い、正体の知れぬその者を取り調べただけにございます」

「素性《すじょう》を調べる方法はほかにいくらでもあったはず」

厳しい声音で言って、東宮は立夏の前に手を差し出す。

白く美しい、けれども剣《けん》を日常的に握《にぎ》る者の手だった。今日の経験や幼い頃《ころ》の夢で見た限り、この国は平安京に似ているけれど異なるところも多い。この美貌の東宮は剣に秀《ひい》でた武人でもあるのだろうか。

ぼんやりとそんなことを思っていると、不思議そうに顔を覗《のぞ》きこまれた。

「どうした？　立てぬのか？」

「い、いえっ。大丈夫《だいじょうぶ》ですっ」

飛び上がるようにして立ち上がった立夏は東宮に促《うなが》されて格子の扉《とびら》をくぐり、牢屋の出入り口の外から心配そうに様子をうかがっている篝丸の姿に気づく。

無事に戻っていたようだ。ほっとした立夏の前に東宮が立つ。立夏に衣を与《あた》えたために単衣《ひとえ》と指貫だけになった東宮の腰《こし》には、つややかな被毛《ひもう》に覆《おお》われた雪豹の尾《お》があった。

「瀬良よ。そなたはこの山荘《さんそう》付きの家令として、我が僕《しもべ》たちが恙《つつが》なく働けるよう取り計らうのが仕事であろう。しかも、私は再三、獣人の篝丸がほかの者から狼藉《ろうぜき》を受けぬよう注意せよと申しつけたはず。そなたが率先《そっせん》して、命を落とすやもしれぬ目に遭《あ》わせて苛《さいな》むなど、もってのほかぞ！」

「……篝丸めが殿下に陰口《かげごと》を申したのでございますか」

「黙れ、瀬良！　私は、あれば無花果《いちじく》がほしいと言ったまで。誰が、羅刹が潜《ひそ》んでおるやもしれぬ夜の山に、あのような小さき子を放《ほう》り出して探しに行かせろなどと申した。そなたの非道ぶりは目に余る。即刻、立ち去れ」

瀬良はひどく無念な様子で地に爪《つめ》を立てていたが、やがて無言で立ち上がり、肩《かた》を落として牢から消えた。

「鐵。そなたも二度目はないと心得、配下の者によく言って聞かせよ。この客人と篝丸への狼藉は一切《いっさい》禁じる」

「――はっ」

鐵の返答に短い頷きを返し、東宮は立夏を見る。

「そなた、名は何と申す？」

「市花立夏、です」

「立夏か。凜とした響きのよい名だ」

言って、東宮は笑う。一目で惹《ひ》きこまれてしまう、穏《おだ》やかな優《やさ》しい笑《え》みだった。瀬良や鐵とは格が違《ちが》う気高い品性を感じ、立夏は「あの」と声を上げた。

「俺……、いえ、私は日本から来ました。証明はできませんけど、本当なんです。自分の意志ではなく、事故でここへ来てしまったんです」

今ここにいる経緯《けいい》を早口で語り、立夏は東宮の温情に縋《すが》る。

「帰りたいんです。帰る方法を教えていただけませんか？」

「教えてやりたいが、生憎《あいにく》、私はその方法を知らぬ」

「……そう、なんですか。あ、あの、でしたら、さっきの方に訊《き》いていただけませんか？」

「瀬良に？」

「はい。あの人は知っているような口ぶりでしたから」

「そうなのか、鐵」

東宮に問われた鐵が「いえ」と首を振《ふ》る。

「瀬良様がご存じなのは、帰る方法がある、ということだけです。どのような方法かはご存じありません」

「いかにも瀬良らしい小賢《こざか》しさだな」

東宮は苦笑《くしょう》して、立夏に「だが、案ずるな」と告げる。

「私はしばらくこの山荘に滞在《たいざい》するが、都へ戻ったら大学寮《だいがくりょう》の博士《はかせ》たちに調べさせよう。確か、異界人は先々帝《てい》の御代《みよ》より現れていないはずだが、元の国へ戻った話は古《いにしえ》より数多く伝わっておる。大学寮はこの国の知識の結集。きっと、誰かが戻る方法を知っているはずだ」

「――ありがとうございます！」

「礼には及《およ》ばぬ。これは私の家人《けにん》がそなたに無礼を働いた詫《わ》びだからな」

そう言うと、東宮は出入り口に向く。

「篝丸、こちらへ参れ」

「はい、竜楼様！」

ちょこちょこと走ってきた篝丸が、東宮の前で跪く。

「篝丸。今より、そなたをこの立夏の世話役に任じる。立夏には西の対を与える。そなたにも雑舎からそこへ移ることを許す。心して立夏をもてなせ」

「はい、竜楼様」

篝丸が立夏と目を合わせ、ほわんと微笑《ほほえ》む。愛らしい仔猫《こねこ》の笑顔に立夏の頬《ほお》もゆるんだ。

「おそれながら、殿下《でんか》」

ふいに鐵が声を強く響《ひび》かせる。

「素性が不確かな者をお屋敷の中で自由にさせるのは危険です」

「私がよいと言えばよいのだ。そもそも、素性が確かな異界人などおらぬ」

「し、しかし……、殿下っ」

「口出しは無用だ、鐵」

鋭《するど》い声で告げられ、鐵は黙る。

「立夏。私が都に戻る際、そなたも伴《ともな》うゆえ、それまではここでゆっくり過ごせ」

家へ帰る方法がわかる。すぐにではないけれど、調べてくれると約束してくれたのはこの国の東宮だ。だから、きっと元の世界へ戻れるはずだ。

「ありがとうございます」

鐵にはまだ相当に怪《あや》しまれているようだけれど、東宮の庇護《ひご》を得た自分をもう牢に入れたり、襲《おそ》ったりはしないだろう。

ようやく人心地《ひとごこち》がついて胸《むね》を撫《な》で下ろしたとき、ふと何かの香《かお》りがやわらかく鼻孔《びこう》をくすぐった。衣《ころも》に焚《た》きしめられた香《こう》の匂《にお》いだろうか。

化粧品《けしょう》や香水《こうすい》の匂いは苦手なはずなのに、化学的な加工がされていないせいなのか、なぜかとてもいい香《かお》りに思えた。そっと衣をかき抱《いだ》き、優しいその香《かお》りを胸一杯《むねいっぱい》に吸いこむと、何だか幸せな気持ちになれた。

「では、また会おう」

長い尾を優雅《ゆうが》にゆらし、立ち去ろうとした東宮《とうぐう》を篝丸が「お待ちを」と引き留める。

「先ほど、うっかりお渡《わた》ししそびれておりました。よく熟した実は、これひとつだけでございましたが、どうぞお召《め》し上がりください」

篝丸が懐《ふところ》から取り出した無花果を受け取り、東宮はあでやかに笑んだ。

「大儀《たいぎ》であった。そなたにもあとで褒美《ほうび》を取らそう」

篝丸に案内されて中門を通ると、西の対らしい建物へと続いている高欄《こうらん》つきの廊下《ろうか》に扇《おうぎ》を持つ雅《みやび》やかな女房《にょうぼう》たちが鈴《すず》なりに並んでいた。

「篝丸。そなたは雑舎へ戻れ」

一番前に立つ女房が冷ややかに告げる。

「……あの、ですが、私は竜楼様にこちらで立夏様のお世話をする命を授《さず》かりました」

「聞いておる。なれど、そのような土にまみれた汚《きたな》らしい格好で何のお世話をするつもりぞ。まずは身を清めて、着替《きが》えて参れと申しておるのだ」

自分の纏《まと》う水干を見確かめた篝丸が、しゅんと耳を低く垂らす。

服の汚《よご》れは、たったひとりで夜の山を彷徨《さまよ》い歩き、困難な任をみごとに果たした勲章《くんしょう》だ。なのに、篝丸は恥《は》ずかしそうにぺこりと頭を下げ、「すぐに戻《もど》って参りますので」と来た道を引き返して行った。

「まったく気《き》が利かぬことよ。これだから、獣人《けものびと》は」

平安時代の資料では猫《ねこ》を愛玩《あいがん》する貴人の様子が散見されるが、こちらの世界では喋《しゃべ》る猫を愛《め》でる習慣はまったくないらしい。女房たちはただ不愉快《ふゆかい》そうに頷《うなず》き合うばかりだ。

「さあ、立夏様はこちらへ」

廊下の階段を下りてきた女房たちに導かれ、立夏は中へ入る。

「……あの子はまだ子供なんですから、もう少し優しくしてあげてはどうですか？」

この世界の規律に干渉《かんしょう》していいものか迷いつつ控《ひか》え目に言ってみると、立夏に向く女房たちの目がひどく珍奇《ちんき》な生き物に遭遇《そうぐう》して困惑《こんわく》しているかのようなものになる。

「とんでもないことでございます。立夏様は異界のお方ゆえご存じないのでしょうけれど、獣人とは前世で大きな罪を犯《おか》した報《むく》いとして卑《いや》しい獣の姿で生まれてきた者たち。この世では奴婢《ぬひ》として苦役《くえき》に服さねばならぬのです」

篝丸が特に差別されているわけではなく、獣人という種族全体が人から卑下《ひげ》されているのだと示す物言いに、立夏は首を傾《かし》げた。

「でも、都には立派な身なりをした獣人もいますよね？」

どういうわけか、立夏は夢を通してこの国の現実を見ていた。ならば、あの貴公子の出《い》で立ちで馬に跨《また》がっていた裕福《ゆうふく》そうな兎《うさぎ》も実在するはずだ。

「羅刹《らせつ》のせいですわ」

女房のひとりが忌々《いまいま》しげに声を高くする。

「羅刹？」

女房たちが次々に口にした説明によると、羅刹とは角を生やし、赤や青や緑の肌《はだ》をした、地底を住処にする亜人らしい。荒々《あらあら》しい気質で、人に化ける能力を持っているという。

つまりは「鬼《おに》」なのだろう羅刹は、上代の昔に朝廷《ちょうてい》軍に討伐《とうばつ》され、地底に封《ふう》じこめられたそうだ。だが、ここ数十年ほどのあいだに地底から這《は》い出てくる羅刹が増えたという。

高く分厚い城壁《じょうへき》と結界に守られた都の中にはまだ現れていないが、各地で村や町が襲われるなどの被害《ひがい》が多発しているらしい。

そのつど、征伐軍《せいばつ》は派遣《はけん》されているものの、現れる羅刹の数が増えすぎ、朝廷は頭を痛めているという。

羅刹に大きな町が荒《あ》らされれば街道《かいどう》が途切《とぎ》れ、物流が滞《とどこお》ることも珍《めずら》しくない。羅刹が跋扈《ばっこ》しているることがわかっている場所など誰《だれ》も通りたくないからだ。

だが、近年、危険を承知でそうした地域で商《あきな》いをおこなうことで、莫大《ばくだい》な富を手にする獣人らが現れたそうだ。

「世が乱れたせいで、成り上がる獣人まで現れて……。おぞましいことですわ」

「本当に。困っている者の足もとを見て、法外な値で物を売りつけるなど、何と浅ましい」

「……あの、でも、東宮様も獣人の血を引いておられるのですよね？」

獣人がそれほどまでに蔑《さげす》まれているのに、その血を引く皇子《みこ》が東宮であるのはなぜなのだろうか。触《ふ》れていいことなのかわからなかったけれど、好奇心《こうきしん》が勝《まさ》って立夏は尋《たず》ねた。

たとえ口にしてはならないことだとしても、この女房たちは鐵らのように刀を向けてくることはないはずだし、異界人だからと大目に見てくれるだろう。

そう思ったが、女房たちはその眼差《まなざ》しを刃《やいば》よりも冷たくして立夏に斬《き》りかかってきた。

「紫藤《しどう》様の御身《おんみ》に流れる血は上代のもの。しかも、雪豹《ゆきひょう》です！」

「雪豹は、普通《ふつう》の獣人のような罪人の転生などではありません。上代の昔に神の使いとして、天と地を駆《か》けるために生まれた者たちの子孫ですぞ！」

女房たちは立夏を取り囲み、一斉《いっせい》に喚《わめ》き立てた。

皆《みな》が一度に喋るのでよく聞き取れなかったが、耳に届いた言葉を整理すると、東宮の母親だった秋麗皇后の遠い祖先に美しい雪豹の獣人を婿《むこ》に迎《むか》えた姫《ひめ》がおり、何百年ものあいだに薄《うす》まって消えたはずのその血が神の悪戯《いたずら》でたまたま東宮の身に現れたらしい。

「よいですか、立夏様！　いくらお客人と言えど、紫藤様と獣人を同一視するような不敬極《きわ》まりないこと、二度と口にしてはなりませぬぞ！」

「……はい、すみません」

納得《なっとく》したわけではなかったが、立夏は肩《かた》を縮こまらせて謝った。

同じネコ科なのに神話を根拠《こんきょ》に差別する意識を立夏が理解できないのは、異界人だからだ。そもそもの肌感覚が違《ちが》うのだから、この女房たちにも立夏の気持ちは通じないだろう。

機嫌《きげん》を悪くした女房たちにまず案内されたのは板張りの部屋だった。何だか妙《みょう》に蒸《む》し蒸《む》しすると思ったら、床《ゆか》に石が張られた部分があり、湯で満たされた木製の浅い箱が置かれていた。ここは風呂場《ふろば》らしい。実はかなりの不衛生都市だった平安京とは違って、こちらの上流社会では湯船に浸《つ》かる習慣がちゃんとあるようだ。

女房たちは板の間で袿《うちぎ》を脱《ぬ》いで単衣《ひとえ》姿になると、立夏の羽織る衣も引きはがそうとした。どうやら、風呂の世話まで付きっきりでしてくれるつもりらしいとわかり、立夏は頬を強張《こわば》らせる。

「俺、成人した男ですし、ひとりで入れますから」

「異界の方であっても、徴《しるし》付きではございませんか。遠慮《えんりょ》されることはありませぬ」

女房たちは意味不明なことを言いながら力尽《ちからず》くで衣を奪《うば》い、丸裸《まるはだか》にした立夏を湯船に放《ほう》りこんだ。頼《たの》むからひとりで入らせてくれという訴《うった》えなどまるで無視され、汚れを洗い落とされたあと、狩衣《かりぎぬ》を纏わされた。

そのあと、なかば放心状態で連れて行かれた部屋では、篝丸が食事の用意を整えて待っていた。野菜が中心の、彩《いろど》りあざやかで食欲をそそる料理が美しい膳《ぜん》に並べられている。

清潔な水干に着替えた篝丸はきりりと引き締《し》まった顔つきになっていたが、凜々しさよりも可愛《かわい》らしさを感じさせる姿に、辱《はずかし》めを受けて崩壊《ほうかい》しかけていた心が癒《いや》された。

健全な二十六歳なら、美しい女房たちに傅《かしず》かれて食事をすることを喜ぶだろうけれど、異性に免疫《めんえき》のない立夏は篝丸とふたりきりのほうがずっと落ち着く。

立夏は、篝丸ひとりで十分だから、と今度は少しばかり強引《ごういん》に主張して女房たちを下がらせた。向かい合って座ると、篝丸に謝られた。

「山ではお礼が言えなかったばかりか、失礼なことを口走ってしまい、申し訳ありませんでした」

「そんなこと気にしなくていいよ」

正気を失った気の毒な方云々《うんぬん》の言葉は本気でそう思ったというより、鐡たちに暴力を振《ふ》るわせないためのものだろうから、むしろ感謝している。

「それに、東宮様に俺のことを知らせて助けてくれたのは、君だろう？」

「山で立夏様にお目にかかったあと、一日探しても見つけられなかった熟《う》れた無花果《いちじく》をすぐに見つけられたので、立夏様に幸運を運んでいただいた気持ちになりました。でも、帰ってきたら、鐵様の配下の方々が騒《さわ》いでおられ、立夏様のことが耳に入りましたので……」

瀬良は篝丸が東宮に告げ口をしたと言っていたが、そんなことができる性格なら、そもそも見つけられない可能性が高い無花果を探しに出る前に東宮に泣きついたはずだ。

篝丸はきっと、自身のことは立夏と会った経緯《いきさつ》を説明するための必要最小限のことしか話していないのだろう。

「ありがとう、篝丸」

心を込めて礼を言うと、篝丸がふるふると顔を振った。

「立夏様を助けたのは竜楼様です。お礼は竜楼様に」

「もちろん、東宮様にも感謝してるよ。でも、君がいなければ、東宮様は俺を助けに来てくれなかったから、君にもすごく感謝してる。だから、顔を上げて」

小さな頭がそっと立夏を向く。はにかんだふうな愛らしい青い目と視線を合わせ、立夏は笑う。

「あ。そう言えば、牢《ろう》や風呂で徴がどうのとか、呪禁師《じゅごんし》がどうのって何度も言われたんだけど、何のことだかわかる？」

問うと、篝丸が不思議そうな顔をして立夏に鏡を渡《わた》した。

「徴とは、立夏様の額にあられる徴のことでございます」

鏡の中を覗《のぞ》きこんで立夏は目を瞠《みは》った。

額にくっきりと赤い花模様のタトゥーがあったのだ。川に飛び込もうとしていたあの男の額にあったタトゥーだ。

瀬良たちが自分を見て「徴」と言っていたものの正体はわかったが、どうしてそんなものが自分の額に刻まれているのか、訳がわからなかった。

「何で……」

呟《つぶや》いて擦《こす》ってみたが、徴は消えない。

「あの……、立夏様は異世界の方士《ほうし》様ではないのですか？」

不可解そうに尋ねてくる篝丸に、立夏は「方士って？」って眉《まゆ》を寄せる。

「それは『朱《しゅ》の徴』という呪禁師の証《あかし》です」

呪禁師とは飛行や隠遁《いんとん》や変化《へんげ》などの様々な不思議な術を操る異能者で、「方士」とも呼ばれるらしい。その能力は生来のもので、呪禁師は額に徴を持って生まれてくるという。親や祖先に呪禁師を持つ者もいるが、大抵《たいてい》は突然変異《とつぜんへんい》なのだそうだ。

呪禁師として生まれた者はほとんどが中務省《なかつかさしょう》の所属機関である呪禁寮《りょう》に入り、力を磨《みが》く。能力の強い呪禁師はこちらの世と異世界を自由に行き来できるらしい。

「その能力は、方士様たちのあいだでは額を触《さわ》って移すことができます」

力のすべてを移すことも、一部のみを移すことも可能だという。

「と言っても、頻繁《ひんぱん》におこなわれるものではなく、亡《な》くなられる前の方士様が一番弟子《でし》の方に力をお譲《ゆず》りされたり、草沢の方士同士が相手の力を奪おうと争ったりするときにしか起こりませんが……。何かお心当たりはおありですか？」

心当たりと思えるものはひとつだけだ。立夏はそれを篝丸に話す。

「おそらく、その川へ飛び込もうとしていたという方はこちらから異界へ行かれた方士様ではないかと……。立夏様はその方の額を触られたのではありませんか？」

「触ったかもしれないけど……、俺は呪禁師じゃないのに、どうして徴が移ったんだろう？」

呪禁師が持つ力を、立夏は使えない。ということは、何かの拍子《ひょうし》に徴だけが立夏の身体に転移してしまったのだろう。

なぜそんなことが起こったのか疑問を抱《いだ》きつつも、立夏は少し安堵《あんど》する。川の中ではぐれたあの男のことが気がかりだったけれど、普通の人間でないのなら溺《おぼ》れることはないはずだ。

「そこまでは……」

申し訳なさそうに篝丸が首を振る。

「私はこのお屋敷《やしき》の仕丁《しちょう》として働かせていただいておりますが、元々は孤児《こじ》です。山の麓《ふもと》の道《みち》端《ばた》で死にかけていたところを竜楼様に拾っていただいた身なので学もなく、世の中のことをあまり知らないのです」

牢で立夏が感じた通り、東宮《とうぐう》は武人でもあり、羅刹討伐《らせつとうばつ》軍を自ら率いて各地へ遠征《えんせい》に赴《おもむ》いていたという。だが、羅刹との戦いで深手を負ったため、父帝《てい》の命で、湯治をすることになったそうだ。

東宮と側近の一行がこの山荘《さんそう》へ向かう途中《とちゅう》の路上で、篝丸は行き倒《だお》れていたらしい。道を塞《ふさ》ぐ穢《けが》れを払《はら》おうと随行《ずいこう》の者が川へ投げ捨てようとしていた篝丸を、東宮が救った。ひと月ほど前のことだという。

「せめて、字が読めれば、もう少し東宮様や立夏様のお役に立てると思うのですが……」

篝丸の耳も髭《ひげ》も、しょんぼりと垂れ下がる。篝丸は生後半年になるかならないかに見える。人間の歳で換算すれば十歳ほどだろう。本当ならまだ親に甘えたり、思いきり遊びたい盛りのはずの小さな仔猫《こねこ》の境遇《きょうぐう》に胸が痛くなり、立夏は咄嗟《とっさ》に篝丸を抱《だ》き上げた。

元の世界では教師なのに、こちらではその知識や資格がまるで意味をなさない。目の前の、知を求める小さな手に何も与《あた》えられない自分が、歯がゆくてならなかった。

「助けてもらったのに何のお礼もできなくて、俺こそごめん」

立夏のいきなりの行動に驚《おどろ》いたのか、篝丸は一瞬《いっしゅん》、身体《からだ》をぴんと伸《の》ばして硬直《こうちょく》させた。けれども、やがておずおずと強張りは解けてゆき、垂れた尾《お》がくるくる揺《ゆ》れだした。

「……温こうございます」

立夏の胸にひたんと頬《ほお》を当て、篝丸が笑った。

「私は気がついたらひとりでしたので、親を覚えておりません。だから……、あの……、このようなことを申すのは失礼でしょうけれど、山で立夏様にぎゅっとしていただいたとき、このような優《やさ》しい腕が母親の腕なのかもしれないと思いました」

そこは「お母さん」ではなく「お父さん」と言ってもらったほうが嬉《うれ》しかったけれど、立夏の胸は自分の腕の中で安らぐ顔を見せる篝丸への愛《いと》おしさでいっぱいになる。

「俺でよければ、いくらでもぎゅっとするよ」

言って、立夏は篝丸の小さな身体を抱きしめた。


都の西に聳《そび》える埴生馬《はにゅうま》山の中腹に建てられたこの山荘は元々は東宮の母・秋麗皇后が所有し、夏の避暑《ひしょ》地として利用していたらしい。今の主《あるじ》である東宮は滅多《めった》に訪《おとず》れないものの、いつでも最高の状態で迎《むか》えられるように多くの使用人が常時ここに住み込み、山荘の隅々《すみずみ》まで日々手入れをしているという。

「じゃあ、東宮様がいらっしゃらなくても、一年中ここに？」

昨夜、ある計画を立てた立夏は、朝の支度《したく》を手伝ってくれた女房《にょうぼう》たちに大げさに驚いてみせ、それから精一杯《せいいっぱい》の愛想《あいそ》笑いを浮《う》かべた。

自分の世話係のはずの篝丸を厨《くりや》へ追いやられてしまったことはむっとしたし、女房たちの袿《うちぎ》から強く漂《ただよ》ってくる香《こう》の匂《にお》いも辛《つら》かったが、ぐっと堪《た》えた。

「皆《みな》さんのようにお綺麗《きれい》でお若い方々には、山暮らしは退屈《たいくつ》なのではありませんか？」

考えてみれば、異性にお世辞を言うのは初めてのことで頬が少し引き攣《つ》ったが、女房たちはまんざらでもないふうだった。

「そうでもありませんわ。ここでは下働きに雇《やと》っている里の者以外は私たちも含《ふく》めて皆、官人ですから、春と秋の除目《じもく》の際に大抵は都へ戻《もど》りますので」

「え。じゃあ、瀬良さんは……？」

東宮と言えど、勝手に任を解いて大丈夫なのだろうかと心配したけれど、瀬良は二年前に亡くなった皇后が生前、私的に雇った者らしい。

「とにかく口が上手くて、皇后様がご存命の頃《ころ》は何かと目を掛《か》けられていたようですが、東宮様は佞人《ねいじん》がお嫌《きら》いですから、自分の地位を危《あや》ぶんで功を焦《あせ》ったんでしょう」

「でも、あたくしも蛇《へび》のような目をした瀬良様は苦手でしたけれど、東宮様のご滞在《たいざい》中にどうにかしてお目にとまりたい気持ちはわかりますわ」

色めいたお喋《しゃべ》りに花を咲《さ》かせはじめた女房たちによると、肩に矢傷を負った東宮の湯治滞在はあと半月ほど続くらしい。

それだけの時間があるのなら好都合だと胸を弾《はず》ませ、立夏は女房たちに字を教えてほしいと頼《たの》んだ。自分がこちらの字を覚えれば、その知識を篝丸に教えることができるかもしれないからだ。

いい退屈しのぎだと思われたのか、女房たちは嫌《いや》がるふうもなく応じてくれた。けれども、用意された手習い本を見て、立夏は驚いた。形はどことなく似ているけれど決して日本語ではないその文字が、はっきりと理解できたのだ。

「……あの、こちらにうっかり来てしまった異界人というのは、俺のように東雲の言葉が話せて、字が読めるものなのですか？」

「さあ……。異界人がいるということだけなら、書物や噂話《うわさばなし》で誰《だれ》でも知っていますが、実際に接した者はそう多くはありませんから」

首を傾《かし》げていた女房たちのひとりが「あ！」と声を上げる。

「もしかして、立夏様は上代の東雲の民《たみ》の血を引いておられるのでは？　だから、東雲の夢を見たり、言葉がわかるのやもしれませぬ」

「上代の民？」

「ええ。神々と人がまだ近かったその頃には、呪禁師のほかにも半神半人の不思議な力を持つ者がたくさんおり、東雲と異世界を行き来して、異世界で子孫を残すこともあったそうですから。半神半人の貴公子と異界の姫《ひめ》の悲しい恋《こい》のお話を、この前読みましたわ」

「そなたは、ちと草紙の読み過ぎじゃ。それはただの神話や物語であろうに」

年嵩《としかさ》の女房が眉を寄せる。

現代日本語風に表現すると、おそらく「漫画《まんが》やラノベの読み過ぎ」だろう。

「物語のことはともかく、こちらの言葉がおわかりになるのは、異界で会われたという呪禁師《じゅごんし》と関係している可能性が高いのでは？　何らかの理由で、呪禁師の徴《しるし》や知識の一部が立夏様に移ったのでございましょう」

「そういえば、異界へ行った呪禁師はあちらの人間の身体に触《ふ》れて、瞬時《しゅんじ》にして言葉を修するとか。その逆のことが立夏様に起こったのやもしれませんわ」

「どのような理《ことわり》が働いたのか、我らには見当もつきませぬが、都へ行けば紫藤様や呪禁寮の方士たちがよきにはからってくれましょう」

「……呪禁師の人たちが、ですか？」

「ええ。異界人を元の世界に戻すのは、呪禁師たちの役目ですから」

確か、東宮は大学寮の博士《はかせ》たちに調べさせると言っていたはずだ。

言い間違《まちが》えたのだろうか。

「そのことを考えれば、助けられたお方が沙霧宮様でなくて、立夏様は幸運ですわ」

「本当に。もしあちらの宮様に拾われていれば、元の国へ帰る術《すべ》はなかったでしょうから」

沙霧宮とは東宮の異母兄にあたる人物らしい。

沙霧宮の外祖父は左大臣の我来伊佐実《がらいいさみ》。東宮の外祖父・右大臣の我来伊沙羅の異母弟だという。ふたりは仲の悪い兄弟で、共に自分の孫を次の帝《みかど》に即位《そくい》させようともくろみ、伊沙羅の孫の紫藤が東宮になった今もその争いは続いているのだという。

女房たちが控《ひか》え目に口にした話によると、東宮の母親の秋麗皇后は元々は右大臣の北の方の遠縁《とおえん》の娘《むすめ》だったそうだ。お忍《しの》びの静養先でたまたま見かけた秋麗の絶世の美しさに心を奪《うば》われた帝は、彼女に獣人《けものびと》の血が流れていることを承知の上で妃《きさき》に強く望んだ。そのため、秋麗は右大臣の養女となって入内《じゅだい》したという。

秋麗には獣人の血は発露《はつろ》していなかったが、生まれてきた皇子《みこ》には耳と尾があった。それでも、帝は秋麗を皇后に、彼女が産んだ皇子を皇太子に立てるほどふたりを心から愛したが、朝廷《ちょうてい》には獣人の血を宿す東宮を廃《はい》し、沙霧宮を新たな東宮に立てるべしと主張する声が根強く存在するらしい。

「呪禁寮《りょう》の方士《ほうし》たちの一番の役目は、羅刹《らせつ》を地底に閉じこめる封印《ふういん》を守ること。けれど、五十年ほど前から生まれてくる呪禁師が減ったせいで封印の力が綻《ほころ》び、羅刹どもが跋扈《ばっこ》しはじめました。紫藤様どころか、皇后様ですらまだお生まれでない昔からのことなのに、左大臣派は羅刹の出現をまるで紫藤様が東宮《とうぐう》になられたことが原因かのように申すのです！」

その声の中心は左大臣の伊佐実。

右大臣の伊沙羅と並び、有能で有力な重臣であるがゆえに、まったく無視もできない帝は右大臣と左大臣兄弟の争いの板挟《いたばさ》みにされ、頭を痛めているという。

「では、東宮様が自ら征伐《せいばつ》軍を率いておられるのは、即位に反対する声を鎮《しず》めるためなのですか？」

「ええ。文武の才に優《すぐ》れ、お人柄《ひとがら》もこの上なく立派。まこと、日《ひ》の御門《みかど》に相応《ふさわ》しいお方なのに、戦場《いくさば》で羅刹の汚《けが》らわしい血にまみれたあげく、療養《りょうよう》もこのような山奥で人目を忍んでされねばならぬなど、おいたわしい」

どうやら、東宮が都から遠く離《はな》れたこの山荘《さんそう》でひっそりと湯治に専念しているのは、帝や右大臣が沙霧宮派による暗殺を恐《おそ》れたかららしい。

極秘裏《ごくひり》での移動だったため、紫藤が都から伴《ともな》った者はわずか。鐵たちは、警護の数が少ないことを心配した伊沙羅が自身の配下から送りこんできた武官だという。

各地で起こる鬼《おに》の襲来《しゅうらい》に帝位《ていい》争い、国政の中枢《ちゅうすう》を担《にな》うべき左大臣・右大臣兄弟の対立。雅《みやび》やかでメルヘンな平安京ランドだと思っていたけれど、この国の状況《じょうきょう》はなかなかシビアなものらしい。

「あの、それで、俺がもし沙霧宮様に拾われていたら帰る方法がなかった、というのは？」

「左大臣様は呪禁師がお嫌いなのです。所属する方士の数が安定せず、肝心《かんじん》なときに役に立たないと。沙霧宮様が即位されたあかつきには呪禁寮を廃す案をお持ちらしく、必然的に呪禁師たちも左大臣派を毛嫌《けぎら》いしておりますから、沙霧宮様のお願いでは協力などいたしません」

「でも、羅刹を退治するのに、呪禁師は必要なのでは？」

「羅刹は人や獣に化けますし、人と比べれば滅《めっ》しにくいもの。けれど、不死ではありません。ですから、左大臣様は数の安定しない呪禁師ではなく、兵を増やして羅刹を殲滅《せんめつ》させるべきだとお考えなのです」

「立夏様のお国では猫《ねこ》は動物なのですか。それは……何だかすごく不思議な気分です」

上げた格子《こうし》の向こうから夕日の赤が流れこんでくる部屋の中で、膝《ひざ》に乗せていた篝丸が立夏を仰《あお》ぎ見た。

「俺にしてみれば、獣人がいるのに動物もいるこの国のほうがよっぽど不思議だよ」

立夏は笑い、篝丸の爪《つめ》切《き》りの続きをする。

篝丸はくすぐったそうにひらひらと耳を揺《ゆ》らし、喉《のど》を鳴らした。

「食事と寝床《ねどこ》を与《あた》えられ、食べて寝《ね》て遊んでいればいいだけの生活は夢のようでございますが、私は動物になりたいとは思いません。……でも、立夏様にこうして可愛《かわい》がっていただくのは、とても心地《ここち》ようございます。頑張《がんば》る気力が湧《わ》きまする」

ここにいても獣人として虐《しいた》げられるだけなら、いっそあちらへ連れて帰ってしまおうか。一《いっ》瞬《しゅん》、そんな考えが脳裏《のうり》を過《よ》ぎったが、それはこの世界で懸命《けんめい》に生きようとしている篝丸の自尊心を踏《ふ》みにじるものだ。

篝丸は愛玩《あいがん》用の猫ではないのだ、と立夏は自分に言い聞かせる。

「……そうか。じゃあ、明日《あした》も頑張って勉強しような」

はい、と目を輝《かがや》かせたあと、篝丸は小さな顔を少し不安げに傾《かたむ》ける。

「ですが、よいのでしょうか……。私は立夏様のお世話係なのに、お世話をせずに勉強を教えていただいてばかりで……」

自分には字が読めるとわかった日から、立夏は篝丸に字を教えはじめた。

字は読めても、東雲国のことについては当然ちんぷんかんぷんなので、山荘の書庫にある本を手当たり次第《しだい》に読んだ。そして、そこから得た知識を篝丸に伝えた。篝丸は優秀《ゆうしゅう》な生徒で、立夏が教えたことをぐんぐん吸収し、すぐに簡単な文字の読み書きができるようになった。

頼《たよ》る者のいない幼い獣人にとってここは生きやすい国とは言えないけれど、都には財を成した獣人もいる。読み書きができるようになれば、きっと身を立てる手助けになるはずだ。

東宮と一緒《いっしょ》にこの山荘を発《た》つまでのあいだに、できるだけのことをしてやりたい。そう思い、立夏は女房《にょうぼう》たちが篝丸に雑用を言いつけることを許さず、一日を共に過ごした。篝丸には専用の小部屋が与えられていたけれど、立夏の部屋で寝起きさせている。獣人は人間と同じものを食べるので、食事も一緒だ。最初は目を剝《む》いていた女房たちも、数日もすると匙《さじ》を投げたように何も言わなくなり、立夏を遠巻きにするようになったが、特に不自由はない。

「いいんだよ。俺がそうしたいんだし、そばにいてくれるだけで心を癒《いや》してくれてるんだから、篝丸は十分に俺の世話をしてくれてるよ」

万世一系《ばんせいいっけい》の帝が統治する東雲国は神話の時代から数えて三千年、皇統の祖がこの国を興《おこ》して二千年の歴史を持つという。人間の世界と同様、こちらにもいくつもの国が存在しており、長い歴史と肥沃《ひよく》な大地を誇《ほこ》る東雲国は東で一番の大国なのだそうだ。

今まで立夏が読んだ本の情報や、山荘で働く者たちに聞いたことから判断すると、東雲国は律令《りつりょう》国家で政治の仕組みは平安京によく似ている。服装や暦《こよみ》、時の計り方もほぼ同じだ。帝に「日の御門」や「天子」や「皇尊《すめらみこと》」など多くの異称《いしょう》があることも。

けれども、そこで生きる人や動植物、風俗《ふうぞく》、技術などはだいぶん異なっている。

たとえば、東雲国で流通している書物は製本されたものが主流で巻物は芸術的な贅沢品《ぜいたくひん》であったり、冠《かんむり》や烏帽子《えぼし》は宮中以外では必ずしも被《かぶ》るものではなく、頭部を晒《さら》すことに特に羞恥心《しゅうちしん》がなかったり。女性も常に扇《おうぎ》を持ってはいるものの、顔を隠《かく》す習慣はないようだ。男子に関しては髪型《かみがた》も様々で、髻《もとどり》を結《ゆ》っていなければならない決まりがあるわけではないらしい。

また、身分にかかわらず、名を直接呼ぶこともタブーではないようだ。

東宮は「涼翔《すずかけ》の宮《みや》紫藤」が正式な名だが、女房たちは「東宮様」や「涼翔の宮様」ではなく意外と気軽に「紫藤様」と口にしている。

ぱっと見が平安京に似ているぶん、違和感《いわかん》を覚えることを数え上げればきりがないが、一番不可解に感じたのは獣人と動物の混在だ。基本的に牛や馬などの有蹄類《ゆうているい》と鳥類は喋《しゃべ》らない普通《ふつう》の動物らしい。

「とりあえずは、呪禁師のことがもうちょっと詳《くわ》しくわかる本があればいいんだけど……」

書庫には呪禁師を主人公にした物語なら何冊かあったけれど、その実態について学術的に記したものはなかった。

あの身投げ男から額の黴を吸い取ってしまったらしい、ということは何となくわかったものの、立夏は自分の身に起こったことをもっと正確に知りたかった。それに、こんなものをつけて教壇《きょうだん》には立てないので、消す方法も調べたい。

都へ行けばわかるのかもしれないが、一抹《いちまつ》の不安が拭《ぬぐ》えない。女房たちは東宮の聡明さを絶賛していたが、ならば異界人を元の世界へ戻《もど》す役目は呪禁師が担うことを知っているはずだ。なのに、どうして「大学寮の博士に調べさせる」と言ったのだろう。こちらの世界の「大学寮の博士」とは様々な分野の知識を所有する賢者たちのことで、定員も特にないようだが、不思議な言い回しに感じられた。

最初は単なる言い間違《まちが》いかとも思ったが、もしかしたら何か理由があるのだろうか。

確かめたくても、東宮とは助けてもらった夜以来、遠くからその姿を垣間見《かいまみ》ることすらないまま、もう十日以上が経《た》っている。

自分はこの国の身分制度に縛《しば》られない異界人なのだから、何となく気軽に会える気がしていた。けれども、素性《すじょう》の知れない異界人だからこそ、本来は近づくことなど許されないのかもしれない。あの夜、親しく言葉を交《か》わせたのはまったくの例外的なことだったのだろうか。

「俺みたいな身分のない異界人じゃ、東宮様に会うのは無理なのかな」

爪切り鋏《ばさみ》を置き、立夏は篝丸を胸に抱《だ》き上げて呟《つぶや》く。

篝丸は仰《あお》のき、口を開こうとしてやめ、何かに気づいた眼差《まなざ》しで開け放たれていた妻戸のほうを見た。直後、妻戸から直衣《のうし》姿で閉じた扇を持つ東宮が入ってきた。

高い位置で括《くく》っている髪《かみ》と一緒に、美しい雪豹《ゆきひょう》の尾《お》が揺れている。

「そのようなことはないぞ、立夏」

「竜楼様」

篝丸が立夏の腕《うで》の中から飛び降り、平伏《へいふく》する。立夏も慌《あわ》てて額《ぬか》ずく。

「早くそなたの顔を見たかったが、落ち着くまでは私を目に入れぬほうがよいだろうと思うておっただけだ」

よく意味がわからず、首を傾《かし》げた立夏の視界に毛並みのつややかな尾が映る。触《さわ》りたい、と反射的に思ったとたん、むくむく膨《ふく》らみだしたその不敬な欲望《よくぼう》を腹底へ仕舞《しま》いこもうとして、立夏は額を強く床《ゆか》に擦《こす》りつけた。

「篝丸。常盤《ときわ》のところへ行くがよい。遅《おそ》くなったが、先日の無花果《いちじく》の褒美《ほうび》を用意してある」

常盤とは、追放された瀬良の代わりにこの山荘を取り仕切っている女房だ。

篝丸は「ありがとうございます」と礼を言って、部屋を出た。

「息災のようで何よりだ。女房たちの話では、こちらの世界にだいぶん慣れたそうだな、立夏」

言いながら、東宮は立夏の前に腰《こし》を下ろす。

「はい、おかげさまで……。あの、先ほどの……、殿下《でんか》を目に入れないほうがいいと仰《おつしや》ったのは……どういう意味でしょうか？」

「そのままの意味だ。あのような目に遭《お》うたのだから、獣人《けものびと》に近づかれるのを厭《いと》うておるのではないか？」

「あ、いえ……。特にそのようなことは……」

牢《ろう》の中で獣人に襲《おそ》われたことには、確かに衝撃《しようげき》を受けた。改めて思い起こすと鳥肌《とりはだ》が立つ。けれども、ほかにも驚《おどろ》くべきことの連続だったせいで、あの件が特に心の傷になっているということはない。

「お気遣《きづか》いありがとうございます。でも、大丈夫《だいじようぶ》です。あの夜からずっと篝丸と一緒にいますが、平気ですし」

「篝丸が平気なのは、あれがまだ子供ゆえ、色香《しきこう》が効かぬからであろう」

また話が見えなくなった。立夏は思わず顔を上げて問う。

「色香、とは何ですか？」

「誰《だれ》もそなたに教えておらぬのか？」

「はい……。聞いていません」

そうか、と東宮《とうぐう》は微苦笑《びくしょう》する。

「呪禁師《じゅごんし》は獣人にしか嗅《か》ぎとれない香《かお》りを発しておる。それが色香だ」

要するに、特定の者にだけ効くフェロモンということだろう。

牢の中で獣人たちがやたらと「いい匂《にお》いだ」と言っていたことを立夏は思い出す。無自覚のうちに、自分もその色香を発していたのだろう。

「呪禁師もまた、獣人を求める強い本能を持ち、獣人から色香を感じ取る。ゆえに呪禁師は獣人とひとたびまみえれば、交わらずにはいられなくなり、呪禁師としての力を失う」

あの夜、紫藤が牢に投げ入れた球は色香の効力を消す薬剤だったらしい。

「どうして、力を失うのですか？」

「呪禁師は純潔であらねばならないからだ。純潔を失えば、力も消える」

呪禁師は獣人に触《ふ》れられると理性が保てなくなるため、自制することはできないらしい。そのため、力を保持し、研磨したい呪禁師は獣人から守られる呪禁寮《りょう》に入るのだという。

「なるほど……。でも、なぜ、呪禁師は獣人と惹《ひ》かれ合うのですか？」

「異能の人間を増やさぬための天の摂理《せつり》と言われている」

優雅《ゆうが》な手つきで扇を弄《もてあそ》びながら、東宮は笑う。

「天の神と地へたびたび降りてきていた上代の頃《ころ》は、神が人間と交わることが珍《めずら》しくなく、半神半人の者も多く存在した。神の血を宿す者は大抵が傲慢《ごうまん》で、己《おのれ》の持つ能力を用いて好き放題に狼藉《ろうぜき》を働いたため、神々はそれに懲《こ》りて必要以上に異能の人間を増やさなくなった、と神話には書かれているな」

「ですが、先日、ちょうど本で読みましたけど、半神半人の呪禁師の英雄《えいゆう》もいたんでしょう？　天馬《てんま》に乗って聖なる剣《けん》で羅刹《らせつ》を地底に封印《ふういん》した、ええと……」

名前を思い出そうとして眉《まゆ》を寄せた立夏に、東宮が「真城《ましろ》だな」と告げる。

「だが、その話を大学寮の博士《はかせ》たちにすれば、真城の話はただの伝説で、実際は朝廷《ちょうてい》軍が武力で制圧したのだ、と訂正《ていせい》されるぞ」

「では、つまり、その真城という呪禁師は実際には存在しなかった、ということですか？」

「おそらくな。一応、真城の作と伝わる刀や玉鏡が皇城の宝物殿《ほうもつでん》に収められてはいるが」

「伝説の呪禁師が作った刀や鏡ってどんなものなんですか？　何か、特別なことができたりするんですか？」

獣人という不思議が息づく世界なのだから、魔法《まほう》の剣や鏡があってもおかしくない。好奇心《こうきしん》を刺激《しげき》されて身を乗り出すと、苦笑が返ってきた。

「真城の伝説が作られたのは三千年前で、宝物もその当時のものだ。刀は錆《さ》びついて鞘《さや》から抜《ぬ》けず、鏡は曇《くも》って何も映さないと聞いているが、私は実物を見たことがない」

無数にある宝物になど興味がないということだろうかと思ったけれど、少し違《ちが》った。

真城の刀と鏡は五年前に盗《ぬす》まれてしまったらしい。それも、呪禁師に。

「大学寮の博士らはもちろん、呪禁寮の方士たちも半神半人の呪禁師・真城とは伝説の人物だという見解で一致《いっち》している。だが、神話や古呪術《じゅじゅつ》を研究していた呪禁師のひとりが真城は実在したと頑《かたく》なに主張し、その証明に必要だとかで盗み出したらしい」

「盗まれたまま、まだ見つかっていないんですか？」

「古いだけで、とりたてて重要な宝物というわけでもないからな。羅刹に国を乱されている今、些末《さまつ》なことに割《さ》ける人員はない」

「はあ……。あの、ところで、色香は獣人の子供には効かないと仰いましたが、成人していても殿下のように獣人の血を引いているだけの方もそうなのですか？」

「それは個人差がある。お互《たが》いにまったく無反応の場合もあれば、反応する場合もある。ただ、反応しても理性を失うほどのものではないし、そなたと私の場合は大丈夫なようだ。いきなりそなたに襲いかかることはないゆえ、安心しろ」

冗談《じょうだん》めかした口調を向ける東宮は穏《おだ》やかで鷹揚《おうよう》だ。威圧《いあつ》的なところなど少しもない。だから、立夏も気安い気持ちになって問いを重ねる。

「あの、もうひとつ伺《うかが》いたいことがあるんですが、いいでしょうか？」

「かまわぬ。何だ？」

「殿下は、もしかして呪禁師を避《さ》けておいでですか？」

「なぜ、そう思う？」

「女房《にょうぼう》の方たちに、異界人を元の世界へ戻すのは呪禁師の仕事だと聞きました。でも、殿下は大学寮の博士に調べさせると仰いましたので、色香が理由で避けていらっしゃるのかと……」

「そういう理由もないではない。羅刹は人の手でも斃《たお》すことはできるが、完全に地底に封《ふう》じるにはやはり呪禁師の力が必要だ。ただでさえ、呪禁師はかつてないほどに数を減らしている。今はひとりでも欠けると痛い」

それに、と東宮はその唇《くちびる》に淡《あわ》い苦笑を乗せる。

「有り体《てい》に言えば、呪禁師に借りを作りたくないのだ」

「え……？」

「呪禁寮は実質、我が祖父の右大臣・我来伊沙羅の支配下。呪禁師に借りを作ると言うことは祖父に借りを作るも同然。実を言えば、私は即位《そくい》したくない」

そうと告げた声音《こわね》はとても冗談を言っているようには聞こえなかった。

「……なぜ、ですか？」

「理由は色々あるが、獣人の血を宿す私には皇城は息が詰《つ》まる綺羅《きら》の殿牢《でんろう》でしかない」

言いながら、東宮は視線をゆっくりと空に漂《ただよ》わせる。

「私の母は、私とは違い、外見は人と変わりなかったが、それでも向けられる目の多くには悪意が籠《こ》もっていた。母はそれに耐《た》えきれず、心を病《や》んだ。私は羅刹を討伐《とうばつ》できたあかつきには、皇籍《こうせき》を離《はな》れて自由になりたいと思っている。だから、右大臣に借りを作ることをしたくない」

「……東宮様が皇籍を離れられると、帝が悲しまれるのではありませんか？」

「否定はせぬが、陛下が愛しておられるのは私ではなく、私の中の母の面影《おもかげ》にすぎぬ。私自身には、執着《しゅうちゃく》をお持ちではない」

重大なことをあまりにさらりと明かされて、何と答えていいのかわからなかった。

返す言葉に窮《きゅう》した立夏を眺《なが》めやり、東宮は優美に笑《え》んだ。

「案ずるな。そなたを元の世界へ戻《もど》す方法は必ず見つける」

決して偽《いつわ》りではないと直感できる力強い眼差《まなざ》しを向けられ、立夏は頷く。

「その代わり、こちらにいるあいだは、私の話し相手になってくれ」

「あの、でも、殿下に満足していただけるような気の利《き》いた話ができる自信はありませんが、それでもいいのでしょうか？」

「かまわぬ。ただ私の話を聞いてくれているだけでよい」

わかりました、と応じた立夏に、東宮は「では、手始めに、私を名前で呼んでくれ」と求めた。

「え？　お名前で……、ですか？」

「そうだ。皆《みな》、私のおらぬところでは私の名を呼んでおるのに、乳母子《めのとご》以外は、私の前では決して名を呼ばぬ。おかしいであろう？」

不満げに訴《うった》える雪豹《ゆきひょう》の東宮は美しくて気高く、けれども少し可愛《かわい》らしかった。

きっと、東宮にとって立夏は腹の中に閉じ込めた真実をこっそり吐《は》き出して捨てる穴代わりなのだろう。あとしばらく経《た》てばこの世界からいなくなる立夏は、そもそもが霞《かすみ》と変わらない存在なのだ。

それでも、立夏は東宮が自分に心を開いてくれたことが無性《むしょう》に嬉《うれ》しかった。

「立夏。私の名を呼べ」

「……紫藤様」

東宮《とうぐう》の顔に、花が綻《ほころ》ぶような笑みが浮《う》かぶ。

「もう一度だ、立夏」

「紫藤様」

「もう一度」

「紫藤様」

東宮の要求はとまらずに続き、何だかだんだんと気恥《きは》ずかしくなってきた頃、立夏は今更《いまさら》ながらにはたと気づいた。

東宮は、呪禁師《じゅごんし》は純潔でなければその力を維持《いじ》できないと言っていた。

その意味を考えて、立夏は息が詰まりそうになる。

「あ、あの、紫藤様。先ほど、呪禁師は純潔を失うと力を失うと仰《おっしゃ》いましたよね？」

言葉を紡《つむ》いでいるあいだも、風呂場《ふろば》で自分を男扱《あつか》いしなかった女房たちの態度が眼前にちらちらと蘇《よみがえ》り、心拍数《しんぱくすう》を跳《は》ね上げた。

「それがどうかしたか？」

「……つまり、それって、呪禁師イコール童貞《どうてい》ってことですよね？」

「いこおるどうていが何のことかわからぬが、呪禁師は純潔と決まっておる」

「じゃあ、じゃあ……」

立夏は自分の額に不本意に浮かぶ赤い徴《しるし》を両手で押さえて叫《さけ》んだ。

「これって童貞看板……！」

絶叫《ぜっきょう》した瞬間《しゅんかん》、深い絶望感に襲《おそ》われて立夏は無様にひっくり返った。

「どうした、立夏。大丈夫《だいじょうぶ》か？」

怪訝《けげん》そうに覗《のぞ》きこまれた顔を両手で覆《おお》い隠《かく》し、立夏は恥《は》ずかしさのあまり床《ゆか》の上を転がった。顔から火が出るとはこのことだ。今までも、そしてこれからも、この徴が消えない限り、会う者すべてに自分の最大の秘密がモロバレだなんて――。

こんな屈辱《くつじょく》的な看板を顔の真ん中に出す羽目になったのは、あの男のせいだ。呪禁師なら大丈夫だろうけど、溺《おぼ》れていないだろうか、ちゃんと川から上がっただろうかと心配していたが、そんな感情はもう吹《ふ》き飛んだ。ふつふつと沸《わ》き起こる男への怒《いか》りと猛烈《もうれつ》な恥ずかしさを抱《かか》え、立夏は床の上をごろごろ転がりながら震《ふる》えた。

「立夏、どこか苦しいのか？　薬師《くすし》が必要か？」

「……いえ。べつに病気ではありませんので」

一瞬《いっしゅん》迷ってから、立夏は心を開いてくれた東宮に自分も本心を明かす。

「童貞看板が恥ずかしくて、死にそうなだけですから」

「徴を持つ者は純潔な男と決まっておる。何も恥ずかしがることはないぞ、立夏」

「……俺は呪禁師じゃありませんから、恥ずかしいですよ。二十六にもなって童貞なんて」

転がり疲《つか》れて起き上がり、立夏は膝《ひざ》を抱える。

「呪禁師ではないそなたに徴が移るなど、本来ならあり得ぬこと。理《ことわり》から外れることが起こったのには、何か意味があるはず。いずれ、その徴が役に立つときが来るやもしれぬ」

空が飛べたり、念力が使えたりするような魔法の力も一緒《いっしょ》にあればともかく、ただの童貞看板が何かの役に立つところなど想像できない。

そんな不満を涙目《なみだ》で口にしようとした寸前、東宮の掌《てのひら》がふわりと頭の上に載《の》った。

「そう悲観するな、立夏」

むずかる子をあやす手つきで頭を撫《な》でられる。甘さを感じるほどのその優《やさ》しさに、不本意に童貞看板を掲《かか》げさせられたことへの不満と恥ずかしさでいっぱいだった心が凪《な》いだ。

「はい……」

心地《ここち》のよい東宮の声をもっと聞きたいと思い、立夏は「あの」と言葉を継《つ》いだ。

「ところで、紫藤様はおいくつなんですか？」

「二十一だ」

決して老《ふ》けてなどいないし、東宮なのだからそれなりの威厳《いげん》があって当然だ。それでも、何となく同年代だろうと思っていただけに、そんなにも歳が離れていたことに驚《おどろ》いた。

「う、嘘《うそ》……」

「嘘ではないぞ。歳などごまかして何になる？」

二十一歳の東宮は、立夏の世界では大学生だ。まだ学生の歳の東宮に童貞であることを慰《なぐさ》められたことに、激しく赤面する。

頭の中で恥ずかしさが再び炸裂《さくれつ》し、言葉もなく唇《くちびる》をわななかせる立夏を見つめ、東宮が笑う。

「そなたは面白《おもしろ》いな、立夏」

本当にそう思っているようで、東宮の背後で長い尾《お》が揺《ゆ》れていた。

五歳も年下の東宮に童貞看板を慰撫《いぶ》されて恥ずかしい。けれども、それよりあの素晴《すば》らしくなめらかな毛並みの尻尾《しっぽ》を触《さわ》ってみたい。

恥ずかしい。触ってみたい。触ってみたい。恥ずかしい。頭の中で目まぐるしく交錯《こうさく》する感情に揺られるうちに、何だか胸が熱くなる。内側からじりじり焦《こ》げてゆくような胸を押さえながら、立夏は東宮の美しい尾を見つめた。


「立夏様。額のお徴のあたりが赤くなっておりますが、虫にでも刺《さ》されましたか?」

翌朝、配膳《はいぜん》を終え、立夏の向かいに座った篝丸が不思議そうに首を傾《かし》げた。

「……うん、まあ」

額が赤いのは、童貞看板を消すのは無理でもせめて少しでも薄《うす》くならないだろうかと、一晩中擦《こす》っていたせいだ。

だが、そんなことを、まだ小さな子供なので徴の意味を何も知らない篝丸に話せるはずもない。立夏は笑ってごまかす。

「昨夜は蚊《か》が妙《みょう》にたくさん出たみたいだ。篝丸は刺されなかった?」

いいえ、と篝丸はふるふる頭《かぶり》を振《ふ》る。

「でも、あとで山へ行って、蚊遣《かや》り草をとってまいりましょう」

「山……。そうだ、篝丸。ご飯がすんだら、本を持って一緒に裏の池へ行ってみよう。今日は天気がいいから、外で勉強すると気持ちがよさそうだろう？」

はい、と元気よく頷《うなず》いた篝丸は朝食後、「着替《きが》えてまいりますので、少しお待ちを」と何やら嬉しげな足取りで自室へ向かった。

山荘《さんそう》のすぐ裏手にある小さな池までは、門を出てほんの二分ほど。道もなだらかなので普通《ふつう》の服装でいいと思っていたが、篝丸は多少汚《よご》れてもいいものに着替えるのだろうか。

そう思ったけれど、戻《もど》ってきた篝丸は真新しい衣装に身を包んでいた。

それは昨日、紫藤から与《あた》えられた無花果《いちじく》の褒美《ほうび》だ。おそらく、普通は水干にはしない上等の絹を篝丸のサイズに仕立てたものだ。

「それを着て、行くのか？」

「はい。立夏様とお出かけでございますゆえ」

どこも傷《いた》んでいないぴかぴかの水干と袴《はかま》を纏《まと》い、嬉しそうに言う篝丸は、下ろしたての服を着て遠足に赴《おもむ》く子供のようだった。

その無邪気《むじゃき》な笑顔《えがお》を見ていると、立夏も幸せになった。

厨《くりや》で用意してもらった昼食用の握《にぎ》り飯《めし》とおやつの果物、そして書を持ってふたりで山荘を出た。

木々の緑と草花に囲まれた池のほとりで、今日は東雲国の歴史を学んだ。

楽しい時間はすぐに過ぎ、西の空がほんのり茜色《あかねいろ》に染まり出す。篝丸が見つけた蚊遣り草と薬草を摘《つ》み、そろそろ山荘へ戻ろうと腰《こし》を上げようとした矢先、夕立に降られてしまった。

幸い、木の下で雨宿りができたし、夕立はすぐにやんだものの、道はすっかりぬかるんでいたため、立夏は山荘まで篝丸を抱《だ》いていくことにした。

「あの、立夏様。ひとりで歩けますゆえ、下ろしてくださいませ」

「駄目《だめ》だよ。こんな道を歩いたら、せっかく紫藤様にいただいた着物が泥《どろ》んこになるよ」

足もとの水溜《みずた》まりを避《よ》け、立夏は薬草を持つ篝丸に笑いかける。

最初は遠慮《えんりょ》して縮こまっていたけれど、だんだん寛《くつろ》いできた篝丸の身体《からだ》は山荘に着いた頃《ころ》には立夏の腕《うで》の中でふんにゃり弛緩《しかん》していた。

通用門を入ったところで、鐵の部下の二色《にいろ》という名の男と行き合った。何やら急いでいる様子だった二色は、ぬかるみに足を取られ派手に転んだ。その拍子《ひょうし》に足首を捻《ひね》ったのだろう。起き上がれずに蹲《うずくま》っている。

鐵たちに好意は持てないが、立夏と篝丸に当たりがきついのは意地が悪いからというよりも、それが彼らの仕事であり、この世界の常識だからだ。

怪我《けが》をしていい気味だと思うほど憎《にく》んではいないので、立夏は篝丸を「ちょっとここで我慢《がまん》してな」と狩衣《かりぎぬ》の懐《ふところ》に入れ、二色を助け起こした。その行動を意外に思ったのか、二色が驚いた表情で口を開いたが、漏れ出たのは苦しげな呻《うめ》き声だった。

「詰《つ》め所まで送りましょう」

立夏は二色の腕を肩《かた》に担《かつ》ぐ。

右大臣の伊沙羅が孫の紫藤を心配して送ってきた、いわば押しかけ警備隊の鐵たちは敷地《しきち》の西端にある雑舎で寝《ね》泊《と》まりをしている。

「……かたじけない」

髪《かみ》を無造作に括《くく》り、無精髭《ぶしょうひげ》を生やしている二色は自分よりもずっと年上だろうと思っていたけれど、近くで見た肌《はだ》には張りがあった。案外、歳が近いのかもしれない。

素直《すなお》に礼を言ってくれたこともあり、少し親しみが湧《わ》いた。

「思いきり凭《もた》れてもらって大丈夫《だいじょうぶ》ですよ。俺、優男《やさおとこ》に見られますが、そう見えるだけで実際は頑丈《がんじょう》なので」

「だろうな。なかなかいい身体をしておられた」

立夏がこの世界へ来たあの夜、二色は牢《ろう》にはいなかったが、山で半裸《はんら》だった姿を見られている。それを思い出したのか、二色は小さく笑う。

「異界人は軟弱《なんじゃく》な者が多いと聞くが、市花殿《どの》は何か武術の心得がおありか？」

「ええ。幼い頃から剣《けん》を握っていました」

「ほう。それは、いつかお相手願い――っ」

患部《かんぶ》に痛みが走ったらしく、二色が顔をゆがめる。

「あの……、二色様」

ふいに立夏の懐から篝丸が顔を出す。

「これ、姫房《ひめふさ》です。先ほど摘んだばかりの新鮮《しんせん》なものなので、よく効くはずです。どうぞお使いください」

炎症《えんしょう》を抑《おさ》える湿布《しっぷ》薬に使えるらしい姫房を、篝丸はおずおずと差し出す。二色はそれを受け取り、少しばつが悪そうに、それでもはっきりと「礼を言う、篝丸」と口にした。

立夏以外の人間から礼を言われたのは初めてだったのだろう。篝丸は青い目を丸くして何度かまたたき、小さな声で「どういたしまして」と答えると立夏の懐の中へもぞもぞ引っこんだ。懐から垂れた尻尾が照れくさそうにくるくる揺れている。

部隊が詰める雑舎へ着くと、鐵たちが剣術《けんじゅつ》の訓練をしていた。

「二色、どうした」

木刀を持った鐵が怪訝《けげん》そうな顔で近づいてくる。

「は。常盤様のご用が長くかかり、夕刻の調練に遅《おく》れてしまうと急いでいたせいでぬかるみに足を取られ、この有様です。誠に面目《めんぼく》ありません」

二色は立夏から身を離《はな》し、頭を下げる。

「そうか。おい、誰《だれ》か、二色を中へ運んでやれ」

鐵の言葉に駆《か》け寄ってきた男が二色を担いで雑舎へ向かう。

「二色が世話になったようで申し訳なかったな、市花殿」

「いえ……」

鐵の口調はあからさまに口先だけだとわかるものだったけれど、特に不愉快《ふゆかい》にはならなかった。木刀が激しくぶつかり合う音に懐《なつ》かしさを覚えていたせいだ。

平安時代の武芸の基本は馬上から弓を射る騎射で、剣術はあまり重視されていなかったが、こちらでは剣もしっかり訓練されているようだ。

勇ましく響《ひび》き合う音やかけ声が立夏の血をざわめかせた。

「鐵さん。俺も少し稽古《けいこ》に交ぜてもらってもいいですか？」

問うと、鐵は一瞬《いっしゅん》の間を置いて薄く笑んだ。

「我々は遊びで剣を振り回しているのではない。手加減などいっさいできないが、それでもよければ」

「ええ、かまいません」

立夏は篝丸を懐から出し、そばの庭木の上に座らせた。

「少し待っていてくれ、篝丸」

「はい……。あの、でも、大丈夫ですか？」

心配げな篝丸の額を「大丈夫だよ」と撫《な》でて笑い、立夏は渡《わた》された木刀を握る。

手の中に馴染《なじ》む重みに高揚感《こうようかん》が身体を包む。

「市花殿、お相手を」

鐵と向かい合い、木刀を構える。山で初めて会った夜はそれどころではなく、わからなかったが、こうして木刀を持って対面すると鐵が相当の使い手であると感じられた。それは鐵も同様のようだった。

数秒睨《にら》み合ったあと、先に動いたのは鐵だった。振り上げられた剣筋を読んで躱《かわ》し、鐵に向けて切っ先を打ちこむ。こちらも躱されたが素早《すばや》く身を翻《ひるがえ》して体勢を立て直し、一撃《いちげき》をさらに送りこむ。今度は捉《とら》えた鐵の木刀を払《はら》い落とす。

久しぶりに身体を思いきり動かした爽快感《そうかいかん》に、心がすっと軽くなる。

「……お見事だ、市花殿」

鐵の部下たちが驚愕《きょうがく》のざわめきを広げるさなか、「あれ、異界のお方」と野菜の入った籠《かご》を抱《かか》えた雑仕女《ぞうしめ》ののんびりした声が響く。

「こんなところにおいででしたか。東宮《とうぐう》様がお呼びだそうで、対屋《たいのや》の女房《にょうぼう》様たちがお捜《さが》しでございますよ」

「昨日はそなたがあまりに愉快であったゆえ、大事なことをうっかり失念してしまった」

人払《ひとばら》いをした自室で扇《おおぎ》片手に寛ぐ紫藤がそう言って、あでやかに笑む。紫藤は温泉から上がったばかりとかで、長い髪を下ろし、単衣《ひとえ》だけを纏《まと》っている。

誰でも目にできるわけではない、東宮がのんびりと憩《いこ》う姿を見せてもらえたことが嬉《うれ》しかったり、童貞《どうてい》看板を慰《なぐさ》められたことを思い出したり。

何だか妙《みょう》に胸が熱くなり、立夏は赤面した顔を伏《ふ》せる。

「……どのようなことでしょうか？」

「私の家人が無礼を働いた詫《わ》びを改めてするつもりだったのだ。ただ、私には異界人のそなたが望みそうなものの見当がつかなかったゆえ、訊《き》くつもりだった。欲しいものがあれば、遠慮せず何でも申すがよい」

突然《とつぜん》欲しいものを問われて戸惑《とまど》ったが、ふとある考えが脳裏《のうり》を過《よ》ぎる。

「あの……、物ではないのですが、紫藤様にお願いしたいことがふたつあります」

「ふたつ？」

紫藤の眉《まゆ》が面白《おもしろ》がるふうに軽く持ち上がる。

「はい。ひとつは篝丸のことです。通りすがりの異界人の俺が、こちらの世界の秩序《ちつじょ》を乱すような干渉《かんしょう》をすべきではないかもしれません。でも、でもどうしても頼《たよ》る者のいない篝丸の行く末が気がかりなんです。だから、篝丸に勉強をさせて、身を立てるチャンス――機会を与《あた》えてやってもらえませんか」

お願いします、と立夏は紫藤の前に額《ぬか》ずく。その頭上から笑い声が降ってくる。

「いいだろう。私も篝丸をここへ残していくべきか否《いな》か、迷うておった。都へ発《た》つときはそなたと一緒《いっしょ》につれて行くことにしよう」

「ありがとうございます」

「それで、もうひとつの望みは何だ？」

「もうひとつは、何というか、あの……すごく殿下《でんか》に失礼なことかもしれませんが……」

「かまわぬ。申してみよ」

促《うなが》され、立夏は頭を上げて言う。

「尻尾《しっぽ》を——、殿下の尾《お》を触《さわ》らせていただけませんか？」

あの美しくつややかな尾を撫でてみたい。頬《ほお》ずりがしたい。そして、もし可能なら一瞬だけでいいので、マフラーにさせてほしい。

出会った日からずっと胸の奥に抱えていたそんな願望をわくわくと、けれども控《ひか》え目に口にした瞬間《しゅんかん》、紫藤の表情が目に見えて硬《かた》くなった。

「……私の尾？」

確認《かくにん》する声も硬い。怒《おこ》らせてしまったようだ。

寛容《かんよう》に接してくれるのでつい調子に乗って本心を晒《さら》してしまったが、やはり皇族の身体《からだ》に触《ふ》れるなどとんでもない不敬だったのだろう。立夏は慌《あわ》てて頷ずき、詫びる。

「あ、あの……、殿下。申し訳ありません。向こうの世界にも雪豹《ゆきひょう》はいるんですが、すごく数が少なくて、テレビでしか——あ、テレビって動く絵が入った箱なんですけど、それでしか見たことがなくて、本物の雪豹を知らないんです。それで、いつかは見たいなと思っていたものですから、殿下に初めて会った日に、何というか綺麗《きれい》な尻尾に一目惚《ひとめぼ》れしてしまって……。あ、あの、一目惚れって変な意味じゃないんですけど、すごく美しいものに感じられて、触ってみたいと思ってしまって……」

しどろもどろに立夏は弁解する。

「それで、その……、殿下……。本当に申し訳——」

ありませんでした、と続けようとした立夏の額が、ふいにふわふわとしたもので軽くはたかれた。額に触れた肌触《はだざわ》りのいいものが紫藤の尾だと理解するまで、数秒かかった。

「私の名は殿下ではない」

座していた畳《たたみ》の上で尾の先をたんたんと不満げに弾《はず》ませながら紫藤が言う。

「昨日言ったはずだ。私のことは名で呼べ、と」

「は、はい……、紫藤様」

答えた立夏を見つめる目がふと甘くたわむ。

「もう二度と私を殿下などと呼ばぬのであれば、好きなだけ触ってもよいぞ」

「本当……ですか？」

「ああ、本当だ」

言って、紫藤は立夏に背を向けてごろりと横臥《おうが》して肘《ひじ》を突《つ》く。

単衣の腰《こし》の辺りから長く伸《の》びる美しい尾の全貌《ぜんぼう》をあらわにされ、立夏は興奮した。誘《さそ》うように長い尾が揺《ゆ》れ、昂《たかぶ》る気持ちを煽《あお》られた。最初は少しずつ指先でそっと触れてみるつもりだったのに、立夏は尾に飛びつき頬ずりをした。

尾の付け根から先まで、なめらかな毛並みを存分に楽しんだ。そして、一応、紫藤に煩《わずら》わしげな様子がないことを確かめてから、首に巻いてみた。

さらさらした毛の感触《かんしょく》がどうしようもなく心地《ここち》いい。立夏はあとからあとから湧《わ》いてくる笑《え》みを擦《こす》りつけるように、首に巻いた尾に顎《あご》先を埋《うず》めた。

「何がそれほど嬉しいのだ、そなたは」

「ふわふわでつやつやの感触が堪《たま》りません。一度触ると、十年分くらい幸せになれる気がします」

「そなたは本当に変わっておるな」

静かな声で紫藤は笑う。

「そうですか？」

「ああ。私が即位《そくい》することを望まぬ者はもちろん、望む者ですら皆《みな》、心の中では私の中に流れる獣人《けものびと》の血を蔑《さげす》んでおるのに」

「……でも、雪豹は神の使いのとても高貴な獣だと聞きましたが」

「どう言い繕《つくろ》おうと、獣は獣だ。母上でさえ、この耳と尾を厭《いと》うておられた」

悲しむでもなく、腹を立てるでもなく、紫藤は淡々《たんたん》と言葉を紡《つむ》ぐ。

即位すれば、この国のすべてを手に入れられる身でありながら、紫藤は決して幸せではない。とても孤独《こどく》なのだ。

「――俺は大好きですよ、紫藤様の尻尾」

もうすぐ消えていなくなる自分の言葉など、何の慰めにもならないかもしれない。そもそも、興奮するあまりほとんど這《は》いつくばって首に尾を巻きつけたふざけた格好で口にするものでもないだろう。

けれども、立夏は告げずにはいられなかった。

「ずっと触っていたいくらい、好きですよ」

「ずっとは困る」

笑った紫藤の尾が、するりと首から外れる。

反転させた身を起こして胡座《あぐら》をかいた紫藤が穏《おだ》やかな目を立夏に向ける。

「だが、ここにいるあいだは好きなときに触るとよい」


それからの一週間ほどは酷《ひど》く蒸《む》し暑い日々が続いた。

思いがけず、紫藤の尾を好きなだけ触る権利を得た立夏は暑気中《あた》りなどしている暇《ひま》もなく幸せだった。二十六にもなる男が尾と戯《たわむ》れて顔面を崩壊《ほうかい》させる様子が物珍《ものめずら》しいらしい紫藤も、機《き》嫌《げん》がよさそうだ。けれども、山荘の者は皆「これも羅刹《らせつ》の仕業《しわざ》」と嘆《なげ》きながら暑さに項垂《うなだ》れていた。

毛皮の上に服を着ている状態の篝丸などは特にへたっている。夜はとても寝苦《ねぐる》しそうにしていたので、氷水を入れた角盥《つのだらい》を女房たちに用意してもらい、篝丸が寝《ね》つくまでのあいだ、立夏は毎晩、扇《おうぎ》で冷風を送ってやった。

紫藤が都へ発つ日が明後日《あさって》に迫《せま》ったその夜もいつものように人間クーラーとなり、立夏は扇を振《ふ》っていた。ほかに誰《だれ》もいない部屋なので、寝間着《ねまき》を脱《ぬ》いで仰《あおむ》向けに伸びたへそ天猫《ねこ》の格好になった篝丸の寝息《ねいき》が聞こえ出した頃《ころ》、ふいに人の気配がした。

妻戸を開けて紫藤が入ってくる。紫藤は単衣《ひとえ》と袴姿《はかますがた》で、琵琶《びわ》に似た楽器を持っていた。

「紫藤様」

「篝丸は随分《ずいぶん》と贅沢《ぜいたく》な寝方をしておるな」

「こうしてやらないと、暑くて眠《ねむ》れないようなので……。こんな時間にどうかされましたか？」

「私も眠れぬので釣殿《つりどの》で涼《すず》もうかと。ひとりではつまらぬので、そなたもつき合ってくれ」

篝丸はもう眠ってしまったので、扇を置いても大丈夫《だいじょうぶ》だろう。立夏は紫藤とふたりで釣殿に向かった。

夜咲《ざ》き品種の白い睡蓮《すいれん》が満開の池の上にある釣殿は、部屋の中よりも少し涼しかった。凛とした睡蓮の香《かお》りが辺りにうっすらと漂《ただよ》っている。

高欄《こうらん》の上に腰掛《こしか》けた紫藤の足もとに立夏も座る。紫藤が楽器をつま弾《び》き始める。胡箏《こそう》という名のその楽器の音色は琵琶よりも、ウードに近いようだ。エキゾチックでどこかもの悲しく、だがとても美しい音色に立夏は耳を傾《かたむ》けた。

垂れていた長い尾を胸に抱《だ》き寄せ、その感触と雅《みやび》やかな音楽を楽しんでいると、ふと紫藤が指の動きをとめた。

「そなたといると愉快《ゆかい》であったが、それも明日までか」

名残惜《なごりお》しそうな声が頭上から落ちてくる。

「都に着くと、紫藤様とはもうお目にかかれないのですか？」

「元の世界へ戻《もど》る方法がわかるまで、そなたには東宮舎《とうぐうしゃ》に滞在《たいざい》してもらう。だが、私は羅刹討《らせつとう》伐《ばつ》軍の指揮に当たらねばならぬ。そうそう皇城にいることは敵《かな》わぬ」

現在、都の北へ馬で半日ほどの場所にある街の付近に羅刹が多く出没《しゅつぼつ》するそうで、紫藤は帝《みかど》に挨拶《あいさつ》してすぐ討伐に向かうという。

「私がおらずとも、心配はするな。東宮舎は私の乳母子《めのとご》が管理しておるゆえ、そなたに不自由はさせぬ。篝丸にもな」

「はい」

元いた世界へ帰りたい。けれども、紫藤や篝丸と別れがたい気持ちも強くある。

複雑な思いが満ちて曇《くも》った胸につややかな尾をかき抱《いだ》くと、「立夏」と呼ばれた。

返事をした立夏の顔を、紫藤がまじまじとのぞきこむ。

「昼間も思うたが、何やら額が妙《みょう》に……赤くないか？」

指摘《してき》され、顔に濃《こ》い朱《しゅ》が散る。

「これは……、あの……、擦ったら少しは薄《うす》くならないかなと思いまして……」

「徴《しるし》は純潔を失うか、力を奪《うば》われるかしない限り、消えることも褪《あ》せることもない。教えたであろう？」

おかしげに言う紫藤が身体を立夏のほうへ傾ける。距離《きょり》が近くなったせいか、紫藤の衣《ころも》の香りを強く感じた。

頭の芯《しん》が甘く痺《しび》れるような心地のいい香りを。

「徴付きが何歳であろうとこの世界には気にする者などおらぬのに、それほど消したいのか？」

感じる香《かお》りが濃くなり、立夏は軽い目眩《めまい》を覚えた。

「消したいです。俺にとって……童貞《どうてい》看板はやっぱりすごく恥《は》ずかしいものですし、それに額の真ん中にこんなものをつけたままだと、元の世界に帰れても……、生活できなくなってしまいますから……」

「なぜだ？」

紫藤が首を傾《かし》げた拍子《ひょうし》に長い髪《かみ》が肩《かた》から流れ落ち、そこからもふわりと芳香《ほうこう》が散った。

頭がじわじわ疼《うず》く。けれども、少しも嫌《いや》な匂《にお》いではない。

東雲国へ来た夜に初めてこの香りを嗅《か》いだときは、化学的な刺激《しげき》がないからかと思ったが、女房《にょうぼう》たちの香りはやはり苦手に感じる。

なのにどうして、紫藤から香ってくる匂いはこんなにも甘くて優《やさ》しいのだろう。

「向こうでは……、身体《からだ》に彫《ほ》り物があると色々問題視されるので……。今の職場は確実に解雇《かいこ》され、ます。あの……、この徴、向こうへ帰る前に消して……もらえるんでしょうか？」

「私には何とも言えぬ。許せ」

「いえ、そんな……」

「そなたがこの国の人間なら武官として取り立て、栄華《えいが》を与《あた》えられたものを」

「……武官？」

「そなた、剣《けん》で鐵を負かしたのであろう？　常盤からそう聞いたが」

言って、紫藤は微笑《ほほえ》む。

「鐵の剣を薙《な》ぎ払《はら》う剛腕《ごうわん》の持ち主とは、道理で私の尾《お》を握《にぎ》って離《はな》さない力が強いはずだ。人は見かけによらぬものだな」

揶揄《からか》うように笑った紫藤の指が、立夏の額にそっと触《ふ》れる。

指はひんやりと冷たかった。なのに、触れられた場所がじんじんと熱くなった。その熱で、頭の中がとろりととろけたような気がした。

心臓も痛いほどに鼓動《こどう》を速めている。

「それにしても、これほど赤くなるまで擦《こす》るとは。擦ったところでどうにもならぬのだから、もう触れるでないぞ」

「――じゃあ、紫藤様が消してくださいませんか？」

胸を灼《や》く熱に浮《う》かされるように口走ってから、立夏ははたと我に返る。

自分が口にした言葉の意味が――五つも年下の紫藤に純潔を捨てさせてくれとねだってしまったことが、猛烈《もうれつ》な羞恥《しゅうち》となって押し寄せてきた。

風船が弾《はじ》けたように、火照《ほて》っていた肌《はだ》が一気に冷える。色を失って慌《あわ》てる立夏に、紫藤が艶《えん》然《ぜん》とした微笑を滴《したた》らせて言った。

「私がか？　それは吝《やぶさ》かではないが」

「え……」

「だが、前にも申したであろう？　そなたに徴がついたのは、何か意味があることやもしれぬと。それがはっきりするまでは、消すべきではない」

そう告げて、紫藤は「それに」と静かに言葉を継《つ》いだ。

「私は近々妃《きさき》を迎《むか》える身。どこの誰とも知らぬ相手だが、不義理になることは避《さ》けたい」

「……お妃？」

そうだ、と憂鬱《ゆううつ》げに紫藤は息を落とす。

「私は兄上に東宮位を譲《ゆず》りたい。そのときに子がおれば、後々また争いの火種になるやもしれぬゆえ、妃を娶《めと》る気はなかったが……」

祖父の右大臣がある皇族の姫宮《ひめみや》の入内《じゅだい》を強引《ごういん》に決めたそうだ。

その姫宮のことを、紫藤は何も知らないという。

「……そんな方をお妃にしてもいいのですか？」

「もう帝の勅許《ちょっきょ》が出たことだ。私にはどうしようもできぬ」

言いながら、紫藤は楽器の弦《げん》を指先で弾《はじ》く。

「せめて、そなたのように楽しい者であればよいが」

こんなにも近くにいて、その尾に――身体の一部に触れているのに、紫藤は途方《とほう》もなく遠い存在だ。

立夏は咄嗟《とっさ》に胸の中の尾をきつく抱きしめた。

先ほどの奇妙《きみょう》な熱とも羞恥心《しゅうちしん》とも違《ちが》う何かが胸をちりちりと焦《こ》がしていたが、それが何なのか立夏にはわからなかった。

山荘《さんそう》を発《た》つ日の朝、立夏は新しい発見をした。乗馬の経験は一度もないはずなのに、馬に乗れるのだ。どうやら、あの身投げ呪禁師《じゅごんし》から移った能力のようだ。

最初は、篝丸と乗る牛車《ぎっしゃ》が用意される予定だったが、立夏にも馬が与えられた。そして、太《た》刀《ち》も。

「万が一に備えての用心だ。使うことはないであろうがな」

立夏に太刀を渡《わた》した紫藤が口にした「万が一」とは、沙霧宮派の刺客《しかく》のことだ。とは言え、都からはそうした動きは見られないとの報告が来ているそうなので、立夏は狩衣《かりぎぬ》の懐に篝丸を入れ、初めてなのにそう感じない山下りの乗馬を楽しんだ。篝丸は都へ行けることが嬉《うれ》しくてならない様子で、立夏の懐から垂らした尾をふりふり揺らしている。

生い茂る木々の葉が杣道《そまみち》に濃《こ》い影《かげ》を落として涼《すず》しい。

都へは、四時間ほどで着くはずだった。

翠微《すいび》に潜《ひそ》み、待ち伏せしていた羅刹《らせつ》の集団に襲《おそ》われなければ――。

「立夏様！」

四方で飛び交《か》う怒号《どごう》や刀と刀の打突《だとつ》の音を縫《ぬ》って、篝丸の甲高《かんだか》い悲鳴が上がる。

三本角を生やした羅刹の急所に突《つ》き刺《さ》した刀を引き抜《ぬ》いて振《ふ》り向くと、篝丸が赤い肌の羅刹に捕《と》らえられていた。

その羅刹は、自身の掌《てのひら》よりも小さな篝丸を顔の前に摘《つ》まみ上げている。食《く》らうつもりなのか、大きく口を開けた羅刹を、篝丸が手にしていた小枝で「えいっ、えいっ」と必死に叩《たた》く。だが、細い枝が鼻先をかすめるだけの攻撃《こうげき》など、羅刹は気にもとめていない。

「篝丸！」

立夏は地面に累々《るいるい》と転がる羅刹の骸《むくろ》を踏《ふ》み越《こ》え、渾身《こんしん》の力を込めて刀を投げつけた。

切っ先が羅刹の心臓に命中する。羅刹は断末魔《だんまつま》の声を上げて絶命したが、その巨体《きょたい》は篝丸を放さないまますぐ後ろの崖《がけ》から川へと落ちた。

篝丸の放つ細い悲鳴が崖の下へと消えてゆく。

「――篝丸！　篝丸！」

咄嗟にその方向へ走ろうとした背後で、重い音がした。首を巡《めぐ》らすと、美しい狩衣《かりぎぬ》を返り血で染めた紫藤の足もとに羅刹が斃《たお》れていた。

背後から狙《ねら》われたところを助けられたのだと、立夏はぼんやりと理解する。

「気を散ずるな、立夏！　ここで死にたいのか！」

厳しく叱咤《しった》され、立夏はすぐそばに落ちていた血まみれの太刀《たち》を拾う。人用のものではないどっしりとした作りの柄《つか》を握って血糊《ちのり》を払い、前方から襲《おそ》いかかってきた羅刹を斬《き》った。

赤、青、緑に紫《むらさき》。まるで絵の具で染めたかのような色の肌に、角を生やした醜悪《しゅうあく》な顔。木立や地表を塗らす血から立ち上る耐《た》えがたい臭気《しゅうき》。

至る所に転がる屍《しかばね》は羅刹のものだけではない。そこには見知った顔がいくつも交じっている。

ほんの少し前まで、立夏を乗せていた馬の姿も。

嗚咽《おえつ》するのはあとだと懸命《けんめい》に自分に言い聞かせ、立夏は白刃《はくじん》を振るった。

「えぇい、何をしておる！　東宮を！　早く東宮を殺すのじゃ！」

どこかで喚《わめ》き立てている瀬良に、鐵が怒号を返す。

「見下げましたぞ、瀬良様！　このような卑劣《ひれつ》な裏切りなど！」

「黙《だま》れ、鐵！　私の忠信を無下にした東宮が悪いのじゃ！」

羅刹の集団に襲われたのは、山荘を出てしばらく経《た》った頃《ころ》だった。驚《おどろ》いたことに、羅刹を率いていたのは瀬良だった。紫藤に追放されたことを恨《うら》んで、寝返《ねがえ》ったのだ。

優に五十人を超《こ》える羅刹たちに対して、紫藤が従えていたのは立夏を含めても二十人にも満たない数だった。選《よ》りすぐりの精鋭揃《せいえいぞろ》いとは言え、圧倒《あっとう》的な数の差を埋《う》めることは難しかった。

山荘を発つ際、太刀を渡されたときには、まさか本当に使う事態になるとは思っていなかった。何の心構えもなかったし、立夏は真剣《しんけん》の扱《あつか》いには慣れていても、生き物を斬った経験はもちろんない。

それでも、躊躇《ためら》う暇《ひま》などなかった。誰《だれ》もが自分の身を守る以外の余裕《よゆう》がない中で、立夏は篝丸を守らねばならなかったからだ。

何とかそうするだけの技倆《ぎりょう》があったことは幸いだった。

羅刹は痛みに鈍感《どんかん》で、急所を外せば怒《いか》りと興奮によって剛力《ごうりき》が増して厄介《やっかい》になる。確実に斃すには心臓か頭を狙うしかない。紫藤のその教えと篝丸のことだけを考えて、立夏は戦った。

肉を斬り、骨を断《た》つ感触《かんしょく》や血の臭《にお》いにぞっとしている場合ではなかった。

気がつけば味方は半減し、馬はいなくなり、昼でも薄暗《うすぐら》い木立の中で斬り合ううちに立夏たちは山道から大きく外れた絶壁《ぜっぺき》へと追い込まれていた。

そして、篝丸とはぐれてしまっていた。

「私が捧《ささ》げた忠信が気に入らなかったのであれば、あの場で手打ちにすべきだったのだ。己《おのれ》の中途半端《ちゅうとはんぱ》な慈悲《じひ》の愚《おろ》かしさを悔《く》やむがよい、けだものの東宮《とうぐう》よ！」

向かってくる羅刹の凶刃《きょうじん》を避けてその胸に突き込んだ剣を抜きながら、立夏はヒステリックに叫《さけ》ぶ瀬良の姿を捜《さが》した。

「あの小生意気な猫《ねこ》共々、人知れず山で死ね！　まこと、卑《いや》しいけだものに似合いの死にざまよ！」

声のする方向へ視線を走らせ、見つけた瀬良に立夏は躍《おど》りかかった。

「瀬良ぁ！」

盾《たて》のように立ちはだかったふたりの羅刹の首を続けざまに刎《は》ね飛ばし、立夏は瀬良目掛《めが》けて太刀を振り下ろした。怒りに任せた太刀筋《すじ》がわずかにぶれて、瀬良を逃《のが》した。

「ひいぃ」

瀬良は後退《あとずさ》りながら刀を闇雲《やみくも》に振り回した。ろくに刀を握ったことがないと丸わかりの手つきだ。立夏は難なく瀬良の刀を薙ぎ払う。

「よくも、こんな真似《まね》を……っ」

「ま、待て！　待ってくれ！　私の話を聞いてくれ！」

胸の前で手を激しく擦り合わせ、瀬良は命乞《いのちご》いをする。

「わ、私だって、本当はこんなことをしたくなかったんだ！　だが、放逐《ほうちく》されて、ひとり惨《みじ》めに都へ戻《もど》る途中《とちゅう》で羅刹に捕らえられたんだ。都には子供がいる。どうしても子供に会いたかったんだ。助かるためには、東宮のことを教えるしかなかった。仕方がなかったんだ！」

子供に会いたかったと涙《なみだ》ながらに訴《うった》える瀬良は、羅刹ではない。自分と同じ人間だ。

――殺していいのか。

そんな迷いが生じた瞬間《しゅんかん》、瀬良が懐《ふところ》から出した短刀を突き出した。

飛びすさってどうにか躱《かわ》したものの、バランスが崩《くず》れて脚《あし》が縺《もつ》れた。咄嗟に踏ん張ろうとしたところに足場はなかった。

しまった、と思ったときには、立夏の身体《からだ》は崖から落ちていた。

「立夏！」

叫んだ紫藤が瀬良を斬ったのが視界の端《はし》にかすかに見えた。

身体の節々が痛い。けれども、ふわふわと温かい。

重い瞼《まぶた》を押し上げると、月明かりに照らされた獣《けもの》がこちらを覗《のぞ》きこんでいた。宝石めいた輝《かがや》きを宿す金色の双眸《そうぼう》に、花の模様のような黒い斑紋《はんもん》が散る真っ白の被毛《ひもう》。

つややかな毛先が月光を纏《まと》って淡《あわ》く輝いているその美しい生き物は雪豹《ゆきひょう》だ。

間近にしても恐《おそ》ろしいという感情は少しも湧《わ》かなかった。形も色も違うけれど、向けられる眼差《まなざ》しにはっきりと見覚えがあるからだ。

「……紫藤様」

ぼんやりとまたたいて、立夏は雪豹の気高い顔に手を伸《の》ばしてそっと触《ふ》れた。

「目が覚めたようだな、立夏」

「……紫藤様、雪豹に変身できるんですね」

「ああ。この姿には滅多《めった》にならぬがな」

「じゃあ、どうして……」

言いながら視線を揺《ゆ》らして、気づく。

そこは川岸から少し離《はな》れた場所の、木の根元だった。立夏は一糸纏わぬ姿で、雪豹と化した紫藤に身体を包まれていた。

紫藤の体長は二メートル近い。雪豹は肉食獣《にくしょくじゅう》の中ではそれほど大きくないはずだが、こちらの世界ではそうではないようだ。

「火を焚《た》くわけにはゆかず、冷え切って意識のないそなたを温めるにはこうするしかなかった」

近くの木の枝に、紫藤と自分の服が掛けられているのが見えた。

あの崖から川に落ちた自分を紫藤が救ってくれたのだ。そう理解して、一瞬湧《いっしゅんわ》きかけた安堵《あんど》を払《はら》いのけ、別の感情が突き上げてきた。

「──篝丸！　篝丸は？　篝丸！」

目を凝《こ》らして辺りを見回しても、周囲にはほかに誰もいない。

「そなたを川から引き上げる以外の余裕はなかった」

「じゃあ、早く捜《さが》しに行かないと！」

立ち上がろうとした身体を、大きな脚で押さえつけられる。

「朝まで待て。今行っても、何もできぬ」

立夏は首を振《ふ》り、のし掛かってくる紫藤を押しやろうともがく。

羅刹《らせつ》たちと戦っていたのは昼で、今は夜。かなりの時間が経っている。

「篝丸はあんなに小さいんです！　早く見つけてやらないと死んでしまいます！」

「落ち着け、立夏」

「落ち着いてなんかいられません！　だって、俺のせいです！　俺が篝丸をつれて来たのに……、なのに、守ってやれませんでした！」

勉強させて、身を立てるチャンスを摑《つか》ませてやりたい。そう考えたのは、篝丸のことを思ってだった。けれども、あの山荘で働いていれば、大きな幸せを摑むことはできなくても、きっとこんな危険な目に遭《あ》わずにすんだ。

自分の勝手な同情で篝丸の運命を狂《くる》わせてしまったことへの悔《く》いが後から後からこみ上げてきて、堪《たま》らず叫んだ直後だった。

人の姿に戻った紫藤に強く抱《だ》きしめられ、柔《やわ》らかいものに唇《くちびる》を塞《ふさ》がれた。続けざまにぬるりとした感触に口腔《こうこう》を侵《おか》される。

唇を甘噛《あまが》みされ、口蓋《こうがい》を舐《な》められ、搦《から》め捕《と》られた舌をきつく吸われる。――これはキスだ。口づけられているのだとわかったとき、紫藤といるといつも感じるあの甘い香《かお》りが鼻孔《びこう》を突《つ》いた。紫藤も全裸《ぜんら》で、しかも川から上がったあとだ。香《こう》など纏っているはずなどないのに、どうしてこんな匂《にお》いがするのだろうか。

不思議だった。けれども、そんな疑問は激しい口づけを受けるうちに溶《と》けてしまった。

頭の芯《しん》がじんじんと甘く疼《うず》いて、何も考えられなくなる。口を塞がれて上手《うま》く息ができなくて苦しいのに、どうしようもなく気持ちがよくて、肌《はだ》が火照《ほて》る。

立夏は生まれて初めてのキスにただ恍惚《こうこつ》として、紫藤の逞《たくま》しい腕《うで》に身をゆだねた。

やがて、紫藤の唇が静かに離れていった。

「……少しは落ち着いたか、立夏」

紅潮した立夏の頰《ほお》をそっと撫《な》で、紫藤が問う。

「は、い……」

「聞け、立夏。篝丸は強運の持ち主だ。親を失った獣人《けものびと》の子は普通《ふつう》はそのまま死す運命。だが、篝丸は私の行く手に行き倒《だお》れた上に、親以上の慈悲を与《あた》えてくれるそなたと出会った。あの者には神の加護がある。きっと大丈夫《だいじょうぶ》だ。朝まで待て」

諭《さと》す口調で言われて頷《うなず》いた立夏は、下がった視界に映ったものにぎょっとした。

いつの間にか、立夏はゆるく勃起《ぼっき》していた。膨《ふく》らんだペニスが、中途半端な角度で空に突き出ている。

紫藤のそこに変化はない。けれども、立夏は童貞《どうてい》であるがゆえに、キスだけでこんなにもあからさまな興奮をしてしまった。それを恥《は》ずかしいと思った気持ちを吸収するかのように、立夏のペニスはまたむくんと反って膨張《ぼうちょう》した。

堪らなく恥ずかしい。だが、男同士なのに隠《かく》すのは、よけいに童貞っぽい反応だろうか。

こんなときにどう対処するのが正解なのかまるでわからず、立夏は深く狼狽《うろた》えた。激しく戸惑《とまど》う心と連動して、勃起がぶるぶるとくねり揺れた。

あまりの恥ずかしいさまに泣きたくなる。だが、情けない嗚咽《おえつ》を噛《か》み殺すと、その代わりのように先端《せんたん》の秘裂《ひれつ》が割れて涙の雫《しずく》めいた淫液《いんえき》が糸を引いて滴《したた》った。

「――あ、あのっ、これは……っ」

もう耐《た》えられず、咄嗟《とっさ》にそこを覆《おお》い隠そうとした。けれども、そんな間もなく、紫藤に勃起を強く握《にぎ》られた。その衝撃《しょうげき》で、透明《とうめい》の蜜《みつ》がにゅぴゅっと細く飛び散る。

「あっ。な、何を……っ」

「このままでは困るであろう？」

淡く笑《え》んだ紫藤が、立夏の勃起を扱《しご》き出す。

張りつめた肉茎《にくけい》をぎゅうっと押しつぶされながら擦《こす》り上げられ、目の眩《くら》む快感が全身を駆《か》け抜《ぬ》けた。

「ああっ！」

甘く痺《しび》れた背が倒れそうになり、反射的に後ろ手を突いた拍子《ひょうし》で腰《こし》が高く浮《う》く。手淫《しゅいん》をねだるかのように卑猥《ひわい》に迫《せ》り上がった勃起を紫藤がさらに扱く。

「あっ、あっ……」

とめどなく漏《も》れ出てくる淫液ごと勃起を上へ下へと擦り潰《つぶ》される。充血《じゅうけつ》した幹を掌《てのひら》で揉《も》まれ、亀《き》頭《とう》のくびれを指で引っかかれた。

にゅちゅう、ぐちゅうと淫靡《いんび》に粘《ねば》る水音に、羞恥心《しゅうちしん》と快感がない交ぜになった歓喜《かんき》を増幅《ぞうふく》される。紫藤の手の動きはひどく巧《たく》みで、立夏はあっけなく達した。

「あぁぁっ」

紫藤の長い指を絡《から》みつかせたまま、びくびくと跳《は》ね躍《おど》ったペニスが白濁《はくだく》をまき散らす。

「あ、あ、あ……」

自分の放った精のにおいが混ざったせいだろうか。感じていた香りが急に強くなった気がした。

吐《と》精《せい》をしたのに肌を火照らす熱は収まるどころか、高揚感《こうようかん》がますます膨れあがった。紫藤の手の中のペニスも硬《かた》さをまだ保っている。

呼吸をするごとに深くなっていく下《か》肢《し》の疼きに戸惑っていたとき、立夏は身体《からだ》の異変に気づく。双丘《そうきゅう》の割れ目が何だかいやにぬるぬるする。自分の体液が掛《か》かったにしては、窄《すぼ》まりの奥のほうにまではっきりとしたぬるつきを感じる。

「あ……」

粘液《ねんえき》に肌を舐められる感触《かんしょく》が甘痒《あまがゆ》く、ペニスがまた膨らんだ。

「もう一度、したほうがよさそうだな」

そう言った紫藤のペニスも猛《たけ》っていた。立夏の放った精液を太い幹に纏わりつかせ、雄々《おお》しく反り返っている。

立夏のそれとは比べものにならない長大さを誇《ほこ》る威容《いよう》と甘い艶《つや》を帯びた声にぞくぞくして内《うち》腿《もも》を戦慄《わなな》かせると、そこから熱いものがとろりと滴ったのを感じた。

「……あ、ま、待って……。俺、身体が……、変です」

上擦《うわず》る声で告げて紫藤の手を押しやり、自分の手を会陰《えいん》の奥へ伸《の》ばす。自慰《じい》めいた行為《こうい》を恥ずかしいと思う余裕《よゆう》はなかった。それよりも、身体の異変を確かめたかった。

指先でそろりとぬるつく表面をまさぐると、襞《ひだ》の奥からじゅわりと新たな蜜が溢《あふ》れ出た。

「え……、どう、して……」

男なのだからそうなるはずなどないのに、濡《ぬ》れている。慌《あわ》てて指先を少し差し込んで確かめてみると、中はまるで蜜壺《みつつぼ》のようにぐっしょりと潤《うる》んでいた。

「少しまずいことになったようだ」

紫藤が微苦笑《びくしょう》して、立夏の指を後孔《こうこう》から引き抜く。

「そなたは、私の獣人の血に反応しているようだな」

「反応……？」

「ああ。呪禁師《じゅごんし》は獣人に触《ふ》れると身体が交わる準備を始める」

このようにな、と立夏の濡れた指を紫藤が舐めた。

ほんの一瞬《いっしゅん》、舌が触れただけなのに、身体が発火したように熱くなる。その熱を吸収したかのように、立夏のペニスはびくんと膨らんだ。

紫藤の勃起も、昂《たかぶ》りを増している。どっしりとした幹には太い血管が幾《いく》本も浮き上がり、先端からはしとどに淫液が溢れだしている。

どこから香るのかわからないあの匂いがまた強くなっている。それを吸いこむと、身体がさらに熱くなった。じくじく疼いて苦しい。激しく飛び跳《は》ねている心臓が痛い。

欲しい。あれが欲しい、と頭の中で何かが叫《さけ》んでいた。

「散々そなたに尾《お》を弄《もてあそ》ばれても、そなたも私も互《たが》いに反応することがなかったゆえ、そなたは徴《しるし》が移っただけで呪禁師のようにはならぬと思うておったが違《ちが》ったようだ」

「……紫藤様も、俺に反応しているんですか？」

天を衝《つ》いてそそり立つ肉杭《にくくい》の裏筋を、立夏は撫で上げた。

そんな大胆《だいたん》な行動を取る自分が信じられなかったが、何かに操《あやつ》られるように手が勝手に動いた。これが、呪禁師を狂わせるという獣人を求める本能なのだろうか。

「ああ。今まで感じなかったそなたの色香《しきこう》を感じる……」

月光を反射して煌《きら》めく紫藤の目は、文字通り獣のそれになっていた。色は金に変じ、瞳孔《どうこう》が縦長になっている。

「色香を感じるのは初めてだが、なるほど、抗《あらが》いがたいものだ」

唇を啄《ついば》まれ、力の抜けた身体を押し倒される。

立夏の脚《あし》を紫藤が押し広げ、そのあいだに身を進める。ぐっしょりと濡れる窪《くぼ》みに逞しい熱《ねっ》塊《かい》が近づいたのを感じて、立夏は足先を震《ふる》わせた。

「紫藤様……」

「立夏」

滾《たぎ》る本能と紫藤の声に導かれるように、立夏は腰を浮かせる。脚の広がりに連動して、窄まりもその口を開いて淫液を滴《したた》らせた。

自《おの》ずと割れて、内側の媚《び》肉《にく》を見せつけるそこへ、熱くて硬いものが宛《あ》てがわれる。

次の瞬間《しゅんかん》、ぐちゅぅぅと爛熟《らんじゅく》した果肉が拉《ひしゃ》げるような音と共に、凄《すさ》まじい圧力で肉環《にくわ》が引き伸ばされた。初めて体内に他人を受け入れる痛みのせいなのか、紫藤の怒張《どちょう》がはらむ熱のせいなのか、肌が灼《や》けてしまいそうで眉根《まゆね》がきつく寄る。

「あぁあっ」

笠《かさ》を凶暴《きょうぼう》な形に張り出した亀頭の尖端《せんたん》が窄まりの襞をめりめりと捲《めく》り上げ、肉の環《わ》をくぐる。だが、侵入《しんにゅう》は一番太い部分でとまってしまった。中の粘膜《ねんまく》が未知の異物を恐《おそ》れ、きつく収縮したせいだ。

「……っ、立夏、狭《せま》すぎる。もう少し力を抜けるか？」

「どうやったら、いいのか……、わかり、ません……」

立夏は首を振《ふ》る。何も知らない肉襞に丸々とした亀頭を咥《くわ》えこまされて、苦しい。そこがたまらなく熱い。けれども、気持ちがいい。脳髄《のうずい》が震えるような甘美な痺れが、そこから確かに生まれている。

全身の血が紫藤を求めて滾っているのがわかる。

「いいから、入れて……、ください」

突《つ》いて、と譫言《うわごと》のようにこぼした直後、紫藤が荒々《あらあら》しく腰を進めた。粘膜の収斂《しゅうれん》を跳ね返し、亀頭がずぼっと隘路《あいろ》に埋《う》まる。

分厚い笠のふちで浅い場所の内壁《ないへき》を掘《ほ》りえぐられた瞬間、脳裏《のうり》で火花が弾《はじ》けた。

「あぁぁっ」

目が眩む深い歓喜に襲《おそ》われて、立夏は激しく腰を躍《おど》らせる。動きが激しかったせいで、埋まっていた亀頭がぐぽっと抜けた。

ぐうっと引き伸ばされた肉環が内側から大きく捲れ上がった尖《とが》った衝撃に、立夏は射精した。

「あ、あ、あ、……」

びゅっ、びゅっ、びゅっと間歇《かんけつ》的に精を散らす腰が、びくんびくんと跳ねる。全身を息苦しいほどの快感に包まれて、我知らず涙《なみだ》がこぼれた。

「立夏、許せ。悪かった」

立夏を抱《だ》き起こした紫藤は、どこか慌てたふうだ。金色だった目も、人のものに戻《もど》っている。

何を詫《わ》びられているのかわからず、立夏はまたたく。

「そなたを愛《いと》おしいと思う気持ちが抑《おさ》えられなかった。許せ……」

愛おしいと思う気持ち――。告げられた言葉の意味を考え、立夏は胸を高鳴らせた。

「あの、それって……」

「初めて会ったときから愉快《ゆかい》な者だと思うておったが、私はいつの間にかそなたに心を囚《とら》われていたようだ」

淡《あわ》く笑んで、紫藤は立夏の頬《ほお》を撫《な》でる。

「そなたがこちらの世界の者ならば、無理やりにでも私の妃《きさき》にするものを」

それが決して戯《たわむ》れの告白ではないとわかる声音《こわね》が嬉《うれ》しかった。

どうしようもなく嬉しいと思い、気づく。紫藤のそばにいることがこんなにも心地《ここち》よい理由を。――自分も、紫藤が好きなのだと。

告白をされたのも、人を好きになったのも初めてのことだ。初めて知った恋《こい》の喜びに舞《ま》い上がりかけた心を、理性が冷たく刺《さ》した。

想《おも》い合っていても、自分たちに幸せな未来はない。都へ到着《とうちゃく》すれば、紫藤はどこかの姫宮《ひめみや》を妃に迎《むか》え、自分は元の世界へ戻るのだから。

この初恋《はつこい》は夢と消えてしまう。男の自分を妃にしたい、と言ってくれた紫藤の睦言《むつごと》も。

「……俺、男だから、妃にはなれませんよ?」

「そんなことはない。もちろん多くはないが、過去に何人か男の妃が立ったことがある」

「え……。そうなんですか?」

元の世界へ戻っても、家族もおらず、職場では簡単に換《か》えのきく駒《こま》でしかない。誰《だれ》にも必要とされていないあちら側で生きる意味は特にない。

──いっそ、ここに残ろうか。

ふと湧《わ》いた愚《おろ》かな考えを、立夏は首を振って振り払《はら》う。必要とされない世界から逃《に》げるためにこちらに残るなど、誤った選択《せんたく》だ。そもそも、紫藤も立夏が残ることを望んではいない口ぶりだった。

気を落ち着かせるために息を吸いこんで、ふとあることを思い出す。

「あの、額の徴、消えてますよね？」

いや、と紫藤は淡い笑《え》みを静かに湛《たた》える。

「どうして……」

変則的なかたちで移ってしまった徴は、法則に従っても消えないのだろうか。

あるいは、自分が呪禁師ではなく、紫藤も純粋《じゅんすい》な獣人《けものびと》ではないことが関係しているのだろうか。呪禁師と獣人ならば交わりたい欲求《よっきゅう》を理性で制することはできないはずなのに、自分たちはそうではないようだ。

いずれにせよ、このままでは向こうへ戻っても失業してしまう、と焦《あせ》った立夏に、紫藤が「そなたはまだ純潔を失ってないからだ」と告げる。

「でも、紫藤様のものが俺の……」

中に入りました、とはっきり言葉にできず口ごもると、紫藤が笑った。

「呪禁師の純潔が失われるのは、魔羅《まら》のすべてを埋《う》めるか埋められるかしたときだけだ」

呪禁師にも性欲《せいよく》を持つ者はいる。そのために、純潔が失われる境界線がちゃんと調べられているらしい。

「じゃあ、全部入れてください」

今度は自分が紫藤を押し倒《たお》して告げる。

「徹は今、紫藤様に消してほしいです」

初めて好きになった人だから、と吐露《とろ》しかけた気持ちを、立夏は寸前で呑《の》みこむ。

愛おしんでくれる心に偽《いつわ》りはなくても、紫藤は立夏をこの世界に留め置く気はない。しかも、もうすぐ妃を迎える身だ。本気の告白をしても、きっと困らせるだけだ。

ならば、身体《からだ》だけでいい。一度だけでいい。せめて紫藤との思い出がほしかった。

そのチャンスは今しかないのだから、時間を無駄《むだ》にしたくなかった。羞恥心《しゅうちしん》をかなぐり捨てて、まだ硬《かた》いままの紫藤の勃起《ぼっき》を握《にぎ》ってねだると、いつの間にか薄《うす》くなっていたあの匂《にお》いがまた強く香《かお》った。

吸いこんだとたん、細胞《さいぼう》がざわめいて肌《はだ》が火照《ほて》り、立夏のペニスはまた硬度《こうど》を持った。その熱に浮《う》かされるようにして、紫藤の腰《こし》を跨《また》ごうとした。だが、身を起こした紫藤に抱きとめられる。

「駄目《だめ》だ、立夏。移るはずのない徴がそなたに移った理由がわかるまでは、そなたを抱《だ》くことはできぬ」

「でも、俺は紫藤様としたいです」

充血《じゅうけつ》したペニスを、紫藤のそれに擦《こす》りつけて誘《さそ》う。

紫藤は困ったように笑んで立夏を立たせると、目の前の木に手を突くように言った。

「脚《あし》を閉じよ」

その通りの体勢になると、背後に立った紫藤に腰の両脇《りょうわき》を押さえられた。あ、と思ったときには、閉じた脚のあいだを剛直《ごうちょく》で穿《うが》たれていた。

肉の杭《くい》の切っ先が、立夏の陰嚢《いんのう》をどすりと突き潰《つぶ》す。全身に響《ひび》いた強い快感に嬌声《きょうせい》を散らすと、分厚い亀頭冠《きとうかん》で会陰《えいん》を深くえぐりながら後退した熱塊《ねっかい》がまたずんと前進して、痙攣《けいれん》する陰嚢を弾《はじ》き飛ばす。

「あっ、あっ！」

肌を灼く抜《ぬ》き差しは荒々しい。手をしっかり木に突っ張らせていても、身体が大きく揺《ゆ》さぶられてしまう。身体と一緒《いっしょ》にペニスと陰嚢も激しく揺れ回る。

凄まじい勢いで前後に動く太い漲《みなぎ》りは、立夏に大きな悦楽《えつらく》をもたらした。けれども、望んでいるものはそれではない。

「あ、あ、あ……、紫藤様……」

湧き出る快感と切なさに戦慄《わなな》く腿《もも》のあいだで律動する紫藤が、いきなりぐぐっと膨張《ぼうちょう》して容積と形を猛《たけ》らせる。ぐぽっと伸《の》びてきた先端《せんたん》に陰嚢の付け根を突き刺され、立夏は射精した。

「ひ、あ、ぁぁ……」

脳髄を痺《しび》れさせる極《きわ》まりの感覚に背をしならせたとき、紫藤も粘液《ねんえき》を噴出《ふんしゅつ》させた。ふたりぶんの精液が、地面にぼたぼたと落ちて溜《た》まりを作る。

「立夏……」

首筋を優《やさ》しく撫でられ振《ふ》り向くと、口づけられた。

「んっ、ふ……」

「立夏。私はそなたを愛おしいと思う。だから、そなたのためになるのかわからぬことを軽々にできぬ。今はこれで堪《こら》えてくれ」

胸の奥でうねる切なさを抑えつけ、立夏は黙《だま》って頷《うなず》いた。


寄り添《そ》って眠《ねむ》った夜が明けた。火は起こさず、見つけた木の実を朝食にして、篝丸の痕跡《こんせき》を探して下流へ向かって歩く。

「昨夜、俺が川に落ちたあと、どうなったんですか？」

「わからぬ。私も瀬良を斬《き》ってすぐ、そなたを追ったゆえ」

「……瀬良さんの子供、どうなるんでしょう？」

立夏も瀬良に殺意を抱《いだ》いた。けれど、その子供に罪はない。これからの生活を案じて小さくこぼすと、紫藤が淡く笑った。

「そなたは人がよいの。瀬良に子供などおらぬ」

あの懇願《こんがん》が嘘《うそ》だったとわかり、腹は立ったが、だからと言って死んで清々したとも思えず、複雑な気持ちで立夏は息をつく。

「篝丸も皆《みんな》も、無事だといいですね……」

そうだな、と紫藤が返した声に、茂《しげ》みが蠢《うごめ》くかすかな音が重なった。反射的に抜刀《ばっとう》し、紫藤と背中合わせになって周囲に視線を走らせる。

木の陰から鹿《しか》が現れて、立夏たちに驚《おどろ》いて逃げていく。

「不思議なものだな」

紫藤が太刀《たち》を収めながら苦笑を漏《も》らす。

「最初はそなたに殺されてもいいつもりでおったはずが、このように心を繋《つな》げる関係になるとはな」

「……え？」

耳に届いた言葉の意味がすぐには把握《はあく》できず、立夏は首を傾《かし》げた。

「私の母上が心を病《や》んでおられたことは話したであろう？」

「はい……」

「獣人の血を引くことを蔑《さげす》まれて心を病んだ母上は、私を即位《そくい》させ、国母《こくも》として権力を手中にすることを望んだ。おそらくは、母上を辱《はずかし》めた貴族たちに復讐《ふくしゅう》するために……。そして、養父である右大臣と謀《はか》り、私の異母兄弟たちを殺《あや》めていった。巧妙《こうみょう》に事故や病に見せかけて」

その中には、五つにも満たない異母弟もいたそうだ。

「ほかの兄弟たちとは交流はなかったが、あの者はなぜか私に懐《なつ》いて、よく私のあとについてきた。親鳥を追う雛《ひな》のように」

紫藤の声は優しい。その弟宮を深く慈《いつく》しんでいたのだろう。

「母上は貴族たちに疎《うと》まれていたが、母上もまた私を疎んじられた。だから、私は母上にあまり近寄ることもなく、異変に気づけなかった。私がもう少し早く気づいていれば、あの幼い命が消えることもなかったはず」

静かに歩む紫藤の声音《こわね》は淡々《たんたん》としていた。けれども、そこに湛えられている深い後悔《こうかい》を立夏ははっきりと感じた。

「血を分けた兄弟たちの骸《むくろ》の上に築かれた玉座など、私は望まぬ。沙霧宮の刺客《しかく》の手に掛《か》かっても、羅刹《らせつ》に斃されても、それは無垢《むく》な命を守れなかった私に天が下す報《むく》いだ」

まるで、罰《ばっ》せられることを望んでいるかのような声だった。

紫藤が東宮《とうぐう》でありながら羅刹討伐《らせつとうばつ》軍の指揮を自ら執《と》るのも、正体の不確かな自分をそばに置いたのも、天の鉄槌《てっつい》を進んで受けようとしているためなのだろうか。

「……紫藤様は、もし皇籍《こうせき》を離《はな》れられたら、どうされるおつもりですか？」

「翡翠《ひすい》を――異母弟《おとうと》を弔《とむら》って、誰《だれ》も来ぬ山奥で静かに過ごしたい」

命を絶つつもりではないことに立夏はほっとした。

けれども同時に、紫藤の抱《かか》える孤独《こどく》の大きさに胸が痛くなった。

綺羅《きら》の殿牢《でんろう》と呼んだ皇城を離れ、山奥に籠《こ》もることを望む紫藤には、きっと本当に心を許せる者がいないのだろう。誰ひとりとして。

この孤独な東宮の支えに自分がなれればいいのに、と強く思ったときだった。

遠くから男の声が聞こえた。ひとり、ふたりではなく、もっと大勢いる。澄《す》ました耳には、刀同士がぶつかる硬い金属音も届く。

紫藤と視線を合わせて頷き、声のする方へ走り出す。

数分走った先で、鐵たちが羅刹と戦っていた。一旦《いったん》立ち止まり、状況《じょうきょう》を確認《かくにん》する。鐵たちは十人ほど。昨夜の人数とおそらく変わっていない。だが、羅刹らは三十人ほどに減っていた。

「立夏。篝丸だ」

紫藤の視線が示す方向に、篝丸はいた。怒号《どごう》を発して刀を振《ふ》るう二色の背中に括《くく》りつけられている。篝丸は二色のもうひとつの目となり、背後の様子を叫《さけ》んで伝えている。

二色が助けてくれたらしい篝丸が元気なことを確かめ、立夏は大きく安堵《あんど》の息を落とす。

「立夏、行くぞ」

紫藤が刀を抜く。

「はい、紫藤様」

立夏も抜刀し、紫藤と走り出る。

「おおぉ！　けだものの東宮じゃ！」

「東宮の首を取れ！」

気づいた羅刹たちが、一斉《いっせい》に向かってくる。

飛びかかってきた羅刹が振り下ろした刀を立夏は薙《な》ぎ払《はら》い、胸を狙《ねら》って切っ先を突《つ》き出す。

狙いはわずかに外れて、刀は羅刹の脇腹《わきばら》を斬った。直後、羅刹の身体が風に吹《ふ》かれる砂が崩《くず》れるように霧散《むさん》する。

立夏は唖然《あぜん》とした。けれど、目の前の光景を不思議に思う間もなく襲《おそ》いかかってきた羅刹を斬り突くと、その羅刹も立夏の手に肉を断《た》つ重い感触《かんしょく》だけを残して消え去った。

「方士《ほうし》じゃ！　方士がおるぞ！」

狼狽《うろた》えたように叫びはじめた羅刹たちが次々に地中に飛び込み、姿を消した。

東宮舎の庭はたくさんの花で溢《あふ》れていた。色とりどりに咲《さ》き誇《ほこ》る美しい花々。陽光を弾いて瑞々《みずみず》しく輝《かがや》く木々の緑。睡蓮《すいれん》のあいだを縫《ぬ》って水鳥が遊ぶ池。

ここからそう遠くない場所で多くの血が流れていることなど想像もさせない眩《まぶ》しい夏の盛りの景色だ。与《あた》えられた部屋の前で目を細めた立夏は周りに誰もいないことを確かめてから、飛び上がってみた。

身体《からだ》は重力に逆らうことなく、すとんと簀子《すのこ》の上に落ちる。

「やっぱり、駄目《だめ》か……」

立夏は小さく呟《つぶや》き、欄干《らんかん》に凭《もた》れて座る。

羅刹の身体を霧散させるのは、呪禁師《じゅごんし》の力のひとつだという。童貞《どうてい》看板を掲《かか》げて色香《しきこう》を発し、性的アピールをするだけだった身体が、何らかの理由で呪禁師としての能力を目覚めさせたのかと最初は思った。紫藤や鐵たちもそう考えたようだった。

だが、立夏は飛行や変化《へんげ》といった術を何も使えなかった。もう一度、羅刹で試《ため》してみるというわけにもいかず、結局あの時に発揮できた力がその場限りのものだったのかどうかも確かめられないままだ。

自分の身体がどうなってしまったのかわからないもどかしさに、細く息をついたときだった。

「立夏様！」

教書を抱えた篝丸がちょこちょこと走り寄ってくる。

「ただいま戻《もど》りました」

「お帰り。今日はどんな勉強をしたんだ？」

篝丸の頭を撫《な》でながら立夏は問う。

「詩を習いました。難しい漢字ばかりでございましたが、ちゃんと覚えました！」

「じゃあ、聞かせてくれるか？」

「はい！」

誇らしげに頷いて篝丸が諳《そら》んじた詩は、漢詩に似たものだった。

都に到着《とうちゃく》して半月あまり。紫藤は到着したその日のうちに羅刹の討伐《とうばつ》に向かった。

東雲国の都は、青鱗《せいりん》川の河口に作られた巨大な街だ。青鱗川では、東雲国の富の源泉のひとつとなっている青い天然ガラスが採れる。元々はその採掘管理のための役所だった青鱗城に、紫藤は陣を構えているそうだ。

立夏は篝丸と東宮舎に残された。大学寮《りょう》の博士《はかせ》らが、元の世界へ戻る方法を調べてくれているとのことなので、連絡《れんらく》を待つようにと告げられて。

方法がわかれば、大学寮から使いがあるらしい。しかし、半月経《た》っても何の音沙汰《おとさた》もない。夏休みもあと二週間ほどで終わってしまうので、このまままだ待っているだけの日々に焦《あせ》りを覚えないと言えば嘘になる。

だが、今は元の世界へ戻ることよりも、戦場にいる紫藤の安否のほうに心が向いている。できることなら、あちらへ帰る前にもう一度紫藤に会いたい。

自分を愛《いと》おしいと言ってくれた初めての恋《こい》の相手の顔をもう一度見たい。

どうせなら、童貞看板ではなく、飛行能力が移ってくれればよかったのに。そうすれば、もし突然《とつぜん》帰る日が訪《おとず》れたとしても、紫藤に別れを告げに行くことができたのに。

そんなことを思ってつきかけた恋しさのため息を呑《の》み込み、立夏は詩の暗誦《あんしょう》を終えた篝丸を抱《だ》き上げる。

「すごく上手だったぞ、篝丸」

立夏は篝丸に頬《ほお》ずりをして褒《ほ》める。

山荘《さんそう》では場所柄《ばしょがら》か、皿数は多かったものの精進《しょうじん》料理のような質素な食事ばかりだった。けれども、ここでの食事には肉や魚や卵などのタンパク質がふんだんに使われている。

すっかり毛づやがよくなった篝丸を撫でながら、立夏は部屋に入る。

東宮舎《とうぐう》では篝丸も立夏と同じ部屋で寝起《ねお》きしている。紫藤の計らいで、篝丸には教師もつけてもらえた。大学寮から派遣《はけん》された文章博士《もんじょうはかせ》が篝丸に個人教授をおこなっているのだ。

やっかむ声や獣人《けものびと》を厭《いと》う目はもちろんある。けれども、山荘で紫藤から贈《おく》られた上等の衣《ころも》を纏《まと》い、毎日勉学に励《はげ》む篝丸はへこたれることなく、楽しそうだ。その姿を見ていると、将来、篝丸はきっと立派に身を立てられるだろうと確信でき、立夏は安堵する思いだった。

「さっき、お菓子《かし》をもらったんだ。おやつに食べよう」

「はい、立夏様」

会って間もない頃《ころ》とは違《ちが》い、最近は人目がなければ篝丸は立夏が抱くと、ぴたりと身を寄せてくる。そのさまが立夏は可愛《かわい》くて仕方がない。こうして共に過ごせるのも残りわずかだろうから、可愛がり方にもついつい力が入ってしまう。

女房《にょうぼう》たちから美味《おい》しいものをもらえば、自分より先に篝丸に食べさせずにはいられない。

立夏は座って膝《ひざ》の上に篝丸を乗せる。とすんともたれてきた篝丸に、瑠璃《るり》製の高坏《たかつき》から砂糖菓子を取って渡《わた》す。

「いただきます。──あ、立夏様。お聞きになりましたか、竜楼様のこと」

砂糖菓子を頬張《ほおば》りながら、篝丸が仰《あお》のいて立夏を見る。

「還御《かんぎょ》なされたそうですよ。先生がそう仰《おっしゃ》っていました」

「戻られたのか？」

「はい、今朝方。でも、陛下にご挨拶《あいさつ》をされたあと、兵部省《ひょうぶしょう》にずっと詰《つ》めておられるとか。先生は、もしかしたら羅刹との大きな戦《いくさ》が起こるかもしれないと仰っていました」

篝丸は心配そうに三角耳を垂らして言う。

「……あの、立夏様。私に剣《けん》を教えていただけませんか？」

「剣を？」

「はい。私は竜楼様に拾っていただき、命を救われました。そのご恩返しとして、一所懸命《いっしょけんめい》勉学に励み、剣の腕《うで》を磨《みが》き、竜楼様をお守りする近衛《このえ》となりとうございます」

朝と夜に剣の稽古《けいこ》をつける約束を交《か》わしたあと、篝丸は午後の授業に出かけた。ひとりになった立夏は何だかそわそわしてしまい、部屋を出て、目的もなく舎殿《しゃでん》の中を歩いた。

そうしていると、紫藤に会えるかもしれないと思ったのだ。山荘でのように、紫藤は時間ができれば召《め》してくれるだろうけれど、じっと待ってはいられなかった。

時折、すれ違う女房たちが恭《うやうや》しく立夏に頭を下げる。皇城の中の北に位置する東宮舎には、山荘よりも人影《ひとかげ》が少ない。紫藤の希望で仕える者を少なくしているのだという。

「あら、立夏様。どちらへ？」

廊下《ろうか》で行きあった高位の女房たちのひとりが尋《たず》ねてくる。

べつに閉じこめられているわけではないけれども、立夏は東宮舎から出られない。

どのような種類の寵愛《ちょうあい》であれ、帝《みかど》や東宮に目を掛《か》けられる者は嫉《そね》みの対象にされたり、宮中の謀《はかりごと》に巻きこまれたりする。それを心配した紫藤は、立夏のことを必要最小限の者にしか伝えていないようだ。そして、立夏は、東宮舎から出ないようにと忠告も受けている。

女房たちもそれを知っている。退屈《たいくつ》に飽《あ》きて脱走《だっそう》するとでも思われたのか、険しく光る目を向けられ、立夏は苦笑《くしょう》を漏《も》らす。

「ただの散歩です。部屋でじっとしていると、身体がなまってしまいますので」

「では、私たちの局《つぼね》で異界のお話を聞かせてくださいな」

返事をする前に局へ引き入れられてしまう。わらわらと寄ってきたたくさんの女房たちに質《しっ》問攻《もんぜ》めにされる。女房たちもかなり退屈していたようだ。

「あら。その扇《おうぎ》の模様、紫紺蘭花《しこんらんか》？」

「そうよ。やっと手に入ったの」

しばらく経った頃、女房たちの輪の中でそんな話が始まった。

問われた女房が何やら自慢《じまん》げに見せつけるような動作で扇をゆっくりと揺《ゆ》らす。

「なあに、紫紺蘭花って」

「いやだ、知らないの？　紫紺蘭花は夕星《ゆうづつ》の姫宮《ひめみや》が大陸から取り寄せられた花よ。兵部卿《ひょうぶきょう》の宮様のお屋敷《やしき》は今、紫紺蘭花が満開で、都中でこの蘭の柄《がら》が流行《はや》っているのに」

兵部卿の宮の娘《むすめ》・夕星の姫宮は、もうすぐ紫藤の妃《きさき》として入内《じゅだい》する。

歳は十八。とても美しく、楽の才に溢れた姫宮だという。公式な発表はまだなされていないものの、入内の噂《うわさ》はすっかり都中に広がり、夕星の姫宮はすっかり時の人らしい。彼女の身につけた物や使った物、好む物が都では大流行しているそうだ。

東宮舎で過ごすこの半月のあいだに、そうした話を女房たちから幾度《いくど》も聞いた。そのつど、立夏の心は乱れた。

紫藤と愛し合っているのは自分なのにと嫉妬《しっと》して、けれどもすぐに惨《みじ》めになる。

紫藤は自分にこちらへ残れとは求めてくれなかった。紫藤にとって、自分はやがては消えていなくなる通りすがりの異邦人《いほうじん》でしかない。身体《からだ》を繋《つな》げかけたあの夜、自分を愛おしんでくれた気持ちに偽《いつわ》りはないはずだ。だが、それは、立夏がこの世界から消えるときに一緒《いっしょ》に消えてしまうたかたの恋なのかもしれない。

悪い評判は何も聞こえてこない夕星の姫宮は紫藤と同じ東雲の住人で、歳も近い。夕星の姫宮が心優《やさ》しい姫宮ならば、紫藤はいつか自分のことを忘れて彼女を愛するようになるかもしれない。

たぶん、自分はこの初めての恋をいつまでも忘れられないだろうけど――。

そんなことを考えているうちに、濁《にご》った水が溜《た》まっていくように胸が重くなった。紫藤の還御を知り、弾《はず》んでいたはずの心が冷えて暗くなってゆく。

「立夏様、どうかなさいましたか？」

「いえ……。あの、俺の国では男女が身を固めるときには式を挙げるんですが、こちらでも？」

「ええ、もちろんですわ。七夜に渡って華燭《かしよく》の典《てん》が催《もよお》されます」

「最近に催されたのは、紫藤様のお母上であられた秋麗皇后が入内なされたとき。私の母によると、それはそれは煌《きら》びやかな華燭の典だったそうですわ」

「紫藤様と夕星の姫宮のお式も、きっと豪華《ごうか》でしょうね。楽しみですわ！」

「……へえ。俺も、見てみたいですね」

顔が歪《ゆが》みそうになるのを堪《こら》えて、立夏は笑った。そして、ふと思った。もし、紫藤の結婚式《けつこんしき》を目にすれば、この儚《はかな》い夢のような恋を終わらせる踏《ふ》ん切りをつけられるだろうかと。

「夕星の姫宮はいつ入内されるのですか？」

「本当はもうなさっているはずでしたけれど、紫藤様がお怪我《けが》をなされたことで延期されたまま、まだ具体的な日取りが決まっていませんの。夕星の姫宮も兵部卿の宮様も気を揉《も》んでおられるでしょうね」

「でも、右大臣様が大膳職《だいぜんしき》や縫殿寮《ぬいどのりょう》の長官を頻繁《ひんぱん》に召して、ご準備を進められている様子ですから、きっと近々のことでしょうけれど」

「そうですわね。ここ最近、人口に膾炙《かいしゃ》するのは暗い話ばかりですから、その日が待ち遠しいですわ」


その日はいくら待っても、紫藤から声が掛かることはなかった。

紫藤の還御を知ったときには、当然のようにすぐに召されるものだと思ってしまった。けれども、よく考えてみれば、療養《りょうよう》のために滞在《たいざい》していた山荘とは違い、ここでは紫藤は東宮として果たさねばならない役目がある。立夏のために割《さ》く時間はなかなか取れないだろう。

理性ではそうわかっていても、夕星の姫宮の入内が近いと知り沈《しず》んだ心は紫藤を恋しがり、暗く濁るばかりで、篝丸が唯一《ゆいいつ》の慰《なぐさ》めとなった。

篝丸は東宮舎に入った日に初めて口にして以来、すっかり鯛《たい》の虜《とりこ》になっている。そして、今日の夕食のメインは鯛だった。やんわり注意はしたものの、初めての剣術《けんじゅつ》の稽古でたくさん身体を動かしたあとだったこともあってか、あまりにもりもり食べ過ぎ、大きく膨《ふく》れた腹の重みでひっくり返ったまま動けなくなってしまった。そして、そのままうとうとしはじめた。

しっかりしているようで、こういうところはまだまだいとけない仔猫《こねこ》だ。その微笑《ほほえ》ましい姿に、ささくれた心がじんわり凪《な》いだ。

立夏は膳を下げてもらい、篝丸を寝台《しんだい》へ運んだ。今夜も蒸《む》し暑い。着こんでいた水干を脱《ぬ》がせて、満足そうな寝息《ねいき》を立てる篝丸を扇であおぐ。

そうしてどのくらいの時間が経《た》った頃だろうか。ふいに立夏を呼ぶ女房の声がした。

「立夏様、まだ起きておいでですか？」

「はい、起きてます」

返事をすると、ひとりの女房が部屋に入ってきた。仙川《せんかわ》という名の、紫藤の乳母子《めのとご》だ。

「紫藤様がお呼びでございます」

そのまま部屋を飛び出ようとした背後から「立夏様、お召し替《か》えを」と制される。山荘《さんそう》では自由に行動できたけれど、ここは宮中だ。東宮《とうぐう》である紫藤と会うには正装でなければならないと注意をされたのかと思った。だが、仙川に着せられたのは袍《ほう》や直衣《のうし》ではなく、単衣《ひとえ》と袴《はかま》の上に青と銀の衣《ころも》を羽織らされただけだった。

なぜか髪《かみ》まで整えられて、仙川に案内されたのは大きな机と椅子《いす》が置かれている執務室《しつむ》のような部屋で、髪を下ろした夜着姿の紫藤が何かの書類を読んでいた。

紫藤は立夏を見て目を細め、仙川に下がるように命じた。

半月ぶりに顔を合わせるせいか、ふたりきりになったとたん、心臓が早鐘《はやがね》を打ち出した。

「……お、お帰り、なさい。ご無事で、よかったです」

紫藤は穏《おだ》やかな顔で鷹揚《おうよう》に頷《うなず》く。

「そなたも変わりないか？」

そうか、と紫藤が浮《う》かべた笑《え》みは高雅《こうが》で、吸いこまれそうに澄《す》んでいた。帝位《ていい》を望んでいなくとも、まさに万乗《ばんじょう》の君となるに相応《ふさわ》しい風格だ。

　まだ二十一の年若さを少しも感じさせない鮮烈《せんれつ》なまでの優艶《ゆうえん》さに眩《まぶ》しさを覚え、立夏は目を細めた。

「だが、こうもまるで変わりがないのも考えものだな。ここへ戻《もど》ってくるときには、そなたはもうこの世にはおらぬやもしれぬ覚悟《かくご》をしていたが、大学寮《りょう》の者たちも案外頼《たよ》りない」

　紫藤は苦笑して、立夏を元の世界へ戻す方法がまだ見つからないことを告げた。

「半月も待たせて悪かったが、どうやらまだしばしここに留《とど》まってもらわねばならぬようだ」

「はい」

　嬉《うれ》しいような、辛《つら》いような、複雑な気持ちで立夏は頷く。

「あまり長くそなたをここに置いておくわけにはいかなくなったゆえ、私も早く何とかしたいものだが……」

　机の隅《すみ》に置かれていた扇を手にして、紫藤が思案げに呟《つぶや》く。

　心を通わせる前なら、右大臣に借りを作りたくないという紫藤の心情を知っていても、だったら呪禁師《じゅごんし》に頼《たの》んでほしいと必死に懇願《こんがん》しただろう。元の世界へ帰りたい自分の気持ちだけを優先して。

　今はそうは思わない代わりに、べつの気持ちが胸を占《し》めている。

「夕星の姫宮《ひめみや》とのお式の日が決まったから……、ですか？」

立夏の存在を知るこの殿舎《でんしゃ》の女房《にょうぼう》たちは、立夏のことを単なる滞在客だと思っている。実際にはそうではないが、だからと言って正式な愛人でもない。たとえ肉体関係があったとしても、身分のない異界人では、関係を公《おおやけ》にすることができない。

きっと、夕星の姫宮にも隠《かく》しておくしかないことだろう。

そんな曖昧《あいまい》な立場の立夏を、右大臣が準備を進めていたという夕星の姫宮の入内の日が決定したことで、東宮舎には置いておけないと紫藤は考えたのだろうか。

それはとても誠実で健全なことだ。紫藤は東宮なのだから、秘密の愛人を囲っていても許される。なのに、そうしないのは紫藤の真摯《しんし》さの証《あかし》だ。

山荘でうっかり初体験の相手になってほしいと頼んだとき、紫藤が立夏を拒《こば》んだ理由が夕星の姫宮だった。ほとんど事故のように身体を繋げかけたあの夜も己《おのれ》を律して立夏を抱《だ》かなかった紫藤は、為人《ひととなり》が誠実なのだ。

だからこそ、紫藤と結ばれることができる夕星の姫宮を立夏は心の底から羨《うらや》ましいと思い、問う声が我知らず低くなった。

まだ十八の少女相手にそんな嫉妬《しっと》心を抱《いだ》く自分をひどく情けないと思ったけれど、遅《おそ》すぎる初めての恋《こい》を知ったばかりの心に立つ波を抑《おさ》えることができなかった。

「夕星の姫宮？　誰《だれ》だ、それは」

立夏に向けられる紫藤の眼差《まなざ》しに不思議そうな色が宿る。

「え……。誰って、紫藤様がお妃《きさき》に迎《むか》える方でしょう……？」

そう告げると、紫藤はようやく「ああ」と合点《がてん》のいった顔になる。

「兵部卿の宮の姫のことか」

「……ご存じなかったのですか？」

「私はかの姫宮のことなど何も知らぬ。名前も入内《じゅだい》の日も。そう申したであろう？」

「ええ、でも……、舎殿の女房殿《にょうぼうどの》たちがひっきりなしに噂《うわさ》していましたから、紫藤様ももうそれくらいはご存じなのかと……」

口ごもる立夏を見やり、紫藤が笑う。

椅子から垂れた長い尾《お》が、なぜか妙《みょう》に楽しそうに揺《ゆ》れている。

「なるほど。今のその浮かぬ顔は、かの姫宮への嫉《ねた》み心ゆえか？」

「……すみません」

紫藤の声音《こわね》は責めたり、呆《あき》れたりしているようなものではなかったが、立夏は恥《は》ずかしくて俯《うつむ》いた。

「いい年をしてみっともないことなのは、わかってるんです。でも……」

ぼそぼそと言葉を紡《つむ》いでいたさなか、頤《あご》の先を持ち上げられた。

「私もみっともない嫉妬をしたぞ」

「――え？」

誰に何の嫉妬をしたのだろうと不思議に思って、立夏はまたたく。

「私が羅刹《らせつ》共の血を浴び、無数の骸《むくろ》と耐《た》え難《がた》い臭気《しゅうき》に取り囲まれているときに、篝丸はそなたの膝《ひざ》の上で甘えてごろごろ喉《のど》を鳴らしているのかと想像したら、あのような幼き子供相手に妬《と》心《しん》を覚えた」

「……じゃあ、紫藤様も乗りますか？」

嬉しさと驚《おどろ》きとで思考が縺《もつ》れ、ついそんな提案をすると、紫藤は「私がそなたの膝の上に乗れば、睦《むつ》み合いではなく曲芸になるな」と笑った。

「まあ、それはともかく、そなたを長くここに置いておけなくなった理由はかの姫宮ではなく、羅刹だ」

地底に住む亜人である羅刹は、綻《ほころ》んだ結界の穴から地上へ這《は》い出てくる。これまで各地で見つかった結界の綻びはごく小さなものだったが、数日前、青鱗城の近くで、今までのものとは比《ひ》較《かく》にならない巨大《きょだい》な穴が発見されたという。

「急ぎ呼び寄せた呪禁師たちが塞《ふさ》ぎはしたが、もうすでにかなりの数の羅刹がこちらへ出てきただろう形跡《けいせき》があった」

都へ攻《せ》め入るための大軍を結成している可能性もあることから潜伏《せんぷく》先を探したものの、見つけられなかったそうだ。羅刹は様々なものに変化《へんげ》したり、大地や木々に同化したりするため、身を潜《ひそ》ませている限り、呪禁師ですら気配を感じにくいのだという。

紫藤の還御《かんぎょ》は、その対策を話し合うためらしい。

「これまでは、羅刹の集団と言っても数は知れていた。だが、今回は規模が違《ちが》う。都が戦火に晒《さら》される可能性が出てきた以上、そなたを長々とここに留まらせておくわけにはいかぬ」

兵部省《ひょうぶしょう》ではしばらく連日会議が続き、紫藤も出席する。そのあいだに必ず立夏を元の世界へ戻す方法を探す、と紫藤は言った。

「……戦況《せんきょう》は紫藤様たちに不利なのですか？」

「何とも言えぬな。大量の羅刹が地底から這い出したらしいということはわかっても、正確な数も居場所も把握《はあく》できておらぬからな」

羅刹の出没《しゅつぼつ》は呪禁師の数が減り、封印《ふういん》の力が弱まったため。

紫藤は立夏に呪禁師の徴《しるし》が移ったことに何か意味があるはずだと繰《く》り返すが、もし本当にそうならば何か少しでも紫藤の役に立ちたい。なのに、そうできないことが無念でならなかった。

「そんな顔をするな、立夏。私の前では笑っていてくれ」

「……はい」

無理やり笑みを貼《は》りつけた頰《ほほ》をそっと撫《な》でた紫藤が椅子《いす》から立ち上がる。

「伝えねばならぬことは伝えたゆえ、もう部屋へ戻ってよいぞ」

未来がなくても一応は恋人《こいびと》同士で、こんな夜更《よふ》けの逢瀬《おうせ》だ。当然それらしい展開があるものだと期待していただけに、立夏はがっかりした。

大いにがっかりしたけれど、こんなときにどうすればいいのかわからなかった。

少しは甘えても許されるのか、それははしたない行為《こうい》なのか。

夕星の姫宮のように若ければ素直《すなお》に抱きつけたかもしれないが、紫藤より五歳も年上だということが感情にブレーキを掛《か》けた。

立夏は俯き加減《かげん》に立ち上がり、紫藤と並んで扉口《とびら》へ向かう。

「ところで、その衣《ころも》は仙川の見立てか？」

「ええ、そうです」

「月冴姫《つきざえひめ》かと思うた」

月冴姫とは東雲国版かぐや姫のような物語の主人公のことだ。確か、月に帰るときの豪華《ごうか》な衣装が青と銀だったので、その色を組み合わせた衣を纏《まと》った美女を東雲国では月冴姫に喩《たと》えるようだ。

だから、羽織っている衣のことを揶揄《からか》われているのかと思った立夏に、紫藤が微笑《ほほえ》んで言った。

「今まではそなたをただ愉快《ゆかい》な者だと思うだけだったが、綺羅《きら》を纏うそなたは美しいな。どんな美姫《びき》も、そなたの前ではきっと霞《かす》む」

「……ど、どうも」

眦《まなじり》がじわりと熱くなる。

容姿で得をした経験が一度もないせいか、これまでは外見を褒《ほ》められても嬉《うれ》しいと思ったことはないが、紫藤のくれた甘い囁《ささや》きには胸が弾《はず》んだ。

「それにしても、仙川には敵《かな》わぬな」

扉を開けて、紫藤が笑う。

「私がそなたを愛《いと》おしく思うておることは誰にも言っておらぬ。なれど、仙川には私の心が透《す》けて見えたようだ」

「どうしてですか？」

「その衣は脱《ぬ》がせやすい」

眼前で湛《たた》えられた艶然《えんぜん》とした笑《え》みから、胸をかき乱すあの香《かお》りが漂《ただよ》ってくる。

濃密《のうみつ》な芳香《ほうこう》が肌《はだ》に沁《し》みこんで、血潮をざわめかせる。

「今宵《こよい》はそなたを寝台《しんだい》へ引きこむために呼んだわけではないのに、うっかりその気になりそうだった」

告げながら唇《くちびる》を重ねるだけのキスをして、紫藤は離《はな》れる。

「また明日会おう」

美しい笑みを湛えた紫藤が、立夏の眼前で扉を静かに閉める。

その直後、身体《からだ》が勝手に動いて閉まった扉を押し開けた。そして、驚いたように肩越《かたご》しに首を巡《めぐ》らせた紫藤の長い尾を、立夏はぎゅっと摑《つか》んで抱《だ》きしめた。

「会えないあいだ、ずっと辛《つら》かったんです。その気になってください」

きっとまた、自分は今、獣人《けものびと》の血に反応する額の徴に操《あやつ》られている。

大胆《だいたん》な行動と言葉に自分でも驚いて、全身が朱《しゅ》に染まった。どうしようもなく恥ずかしかったが、動き出した舌はとまらなかった。

「俺は、紫藤様の寝台に引きこまれたいです」

尾を抱《いだ》く腕に力を込めて叫《さけ》んだ立夏を見る目が、淡《あわ》い金色の光を帯びる。胸の中の尾も、ぼわっと膨《ふく》らんで熱くなる。

「私の持つ位に魅《み》せられた者たちに閨《ねや》を襲《おそ》われかけたことは何度もあるが、こんなふうに尾をぎゅうぎゅう引っ張られて迫《せま》られたのは初めてだ」

「あぁあぁっ。あっ、あぁ……！」

腿《もも》の付け根のあいだを、ぬらぬらと淫液《いんえき》を纏った太い熱塊《ねっかい》が凄《すさ》まじい速度で行き来する。その肉の杭《くい》のはらむ熱に会陰《えいん》が灼《や》かれ、圧倒《あっとう》的な質量に陰嚢《いんのう》が荒々《あらあら》しく捏《こ》ね潰《つぶ》される。

最初は寝台の真ん中で四《よ》つん這《ば》いになって責められていた。だが、脚《あし》の隙間《すきま》をぬりゅっぬりゅっと前後する逞《たくま》しい雄《おす》に膨らんだペニスを突《つ》き上げられるうちに全身の力が抜《ぬ》け、いつの間にか俯《うつぶ》せの状態で背後から繰り出される紫藤の激しい腰遣《こしづか》いに翻弄《ほんろう》されていた。

「し、紫藤、様……っ。もっと、ゆっくり……、してっ」

「文句を言うな、立夏。私は堪《こら》える努力をしたのに、それを無にしたのはそなたぞ」

律動の速度がさらに急になる。

分厚く張り出した亀頭《きとう》のふちで会陰と陰嚢をごりごりとえぐられて、眼前で火花が散った。

「あっ、は……っ。うっ、あ、あ、あ……っ」

初めての夜と同じように後孔《こうこう》は勝手に濡《ぬ》れて蜜《みつ》を滴《したた》らせ、肉環をひくつかせている。

なのにそこに触《ふ》れてもらえないことが切なくて腰を持ち上げた刹那《せつな》、ずりんと会陰をすべってきた硬《かた》い雄が今までとは角度を変えて立夏の陰嚢を突き潰した。

やわらかい蜜の袋《ふくろ》がいびつに歪《ゆが》み、尖《とが》った歓喜《かんき》が脳髄《のうずい》を強く震《ふる》わせた。

「ひうぅっ！」

びくんびくんと下肢《かし》が痙攣《けいれん》し、敷布《しきふ》と自身の下腹部の狭間《はざま》で根元からくねり躍《おど》ったペニスが弾《はじ》けた。

「あぁあっ！　くっ、ふぅ……」

わななかいて大きく開いた秘唇《ひしん》が、精液をびゅるびゅると噴《ふ》く。勢いよく流れ出る白濁《はくだく》が敷布にぶつかる感覚が秘唇へと跳《は》ね返ってくるのが堪《たま》らず、立夏は腰を揺《ゆ》すり上げて悶絶《もんぜつ》した。

「立夏……」

耳朶《じだ》を甘噛《あまが》みされながら双丘《そうきゅう》を揉《も》みしだかれ、吐精を終えた直後の蜜口がまたびゅろりと淫液を漏《も》らした。

「あ、あ、あ……」

小刻みに跳ねる身体を紫藤が背後から抱き上げる。

紫藤の脚のあいだに座る格好になり、立夏は背後の逞しい胸にもたれかかって荒《あら》い息を繰り返した。

高灯台がひとつだけ灯《とも》された部屋の中は薄暗《うすぐら》い。夜着を脱ぎ捨てた紫藤の身体はよく見えないけれど、鋭《するど》く引き締《し》まった筋肉の硬さをはっきりと感じる。

そして、頭の中を掻《か》き回し、興奮を煽《あお》るあの香りも。

「少しは落ち着いたか、立夏」

立夏の耳元で紫藤が優《やさ》しく囁く。

耳朶を撫でる声も鼻孔《びこう》をくすぐる芳香もひどく甘くて、目眩《めまい》を誘《さそ》われる。額の徴《しるし》がじんじんと疼《うず》き、波打つ花襞《はなひだ》の奥から蜜が糸を引いて滴《したた》ったのを感じた。

「ま、だ……、です」

深い悦楽《えつらく》に意識をなかば呑《の》みこまれ、朦朧《もうろう》としながら、立夏は身を捩《よじ》る。紫藤はまだ射精をしていない。硬い熱塊を臀部《でんぶ》で探《さぐ》り当て、双丘の割れ目に挟《はさ》みこむ。

「中で、紫藤様を感じたい……」

熱に浮《う》かされるようにして立夏は掠《かす》れた声を紡《つむ》ぎ、花襞から垂れ落ちる蜜を紫藤の漲《みなぎ》りに強く擦《こす》りつけた。接触《せっしょく》した圧力で肉環がにゅちゅうっと拉《ひしゃ》げて、襞がわずかに捲《めく》れる。あらわになった粘膜《ねんまく》が勃起《ぼっき》の皮膚《ひふ》に絡《から》みつき、歓喜の目眩が深くなる。

「んっ、うぅ……」

「立夏。頼《たの》むから私を誘惑《ゆうわく》してくれるな。そなたに徴が移った理由がわかるまで、そなたの純潔は散らせぬと申したであろう?」

「でも、こんな徴、あっても何の役にも立ちません。早く……、今、消してほしいです」

ぐっしょりと潤《うる》んだ花襞で熱い皮膚を舐《な》め上げながら、立夏は腰を浮かせた。

蜜の雫《しずく》を滴らせる窪地《くぼち》の中央に杭の先端《せんたん》を当てた刹那、両腿の下から差し入れられた腕《うで》に身体を高く持ち上げられた。

「駄目《だめ》だと申すに」

「でも……っ」

年下の紫藤に苦笑《くしょう》混じりに諭《さと》されていることや、親に用足しを手伝ってもらっている幼児のような格好を恥《は》じらう余裕《よゆう》などもうなかった。

蜜をとろとろと垂らしてみだりがわしい開閉を繰り返す花襞が熱く疼いて、切なくて堪らないのだ。

「紫藤様、お願いです……っ」

身を激しく捩り、杭の上に腰を落とそうとしたときだった。

何かが肉環をぐにゅりと貫《つらぬ》いて体内へもぐり込んできた。

「ああっ」

ずるるるっと隘路《あいろ》の奥深くへ侵入《しんにゅう》してきたそれは紫藤の尾《お》だった。

「ひっ、あっ……！」

紫藤の指よりもずっと太くて長い、だが硬さがなくて柔軟《じゅうなん》な尾が、愛液を分泌《ぶんぴつ》して潤んでいる肉筒《にくづつ》の中をなめらかに這《は》いながら奥へと進む。

その動きに合わせて粘膜がにゅうっと引き攣《つ》れ、立夏は足先をきつく丸める。

「あ、あ……っ。嘘《うそ》っ……。尻尾《しっぽ》っ、紫藤様の尻尾が、中にっ……！」

「そなたは私の尾が好きであろう？」

問う紫藤の尾が内部でぐるぐる回転する。

媚肉《びにく》が掻き回されて蕩《とろ》けてゆく感覚が堪らず、脚のあいだで萎《な》えていたペニスが再び角度を持ってにゅっと空に突き出た。

「あっ、は……。好きっ、……好きっ！　でも、こっちも……っ」

立夏は背後へ手を伸《の》ばして、紫藤の棍棒《こんぼう》めいた屹立《きつりつ》を握《にぎ》ってねだる。

火傷《やけど》しそうに熱く、ぱんぱんに張りつめた表面に指先を絡めて上下に動かすと、その先端から淫液がしとどにしぶいたのがわかった。

「――っ、立夏」

甘く窘《たしな》める口調と共に尾がずりんと立夏の奥を刺《さ》した。

速い速度の突き上げに、立夏の勃起は根元からしなって淫液を飛ばした。

「あぁっ」

「今はこれで我慢《がまん》せよ、立夏。私とて辛いのだ」

抱《かか》え上げていた立夏の腰を自身の脚の上に下ろすと、紫藤は尾を荒々しいほどの激しさで抜き挿《さ》しして立夏を責めた。

ずぼっずぼっと奥深くまで太い尾を突き立てられ、粘膜を擦られ、捏ねられる。肉筒の中で攪拌《かくはん》されて泡立《あわだ》った淫液が捲れ上がった花襞の奥から漏れてきて、ぷちぷちと弾けながら肌《はだ》の上をすべり落ちてゆく。

「あああっ！」

体内を奥深くまで侵略《しんりやく》される快感を初めて知り、立夏は眦《まなじり》に涙《なみだ》を浮かべて悶《もだ》えた。

結合部から突き上がってくる甘美な衝撃《しようげき》が気持ちよくて堪らない。腰を躍らせて背を大きく反らせると、両脇《りようわき》から這ってきた手に乳首《ちくび》を摘《つ》まれた。

「ひうぅっ」

「そなたのここは、珊瑚《さんご》の粒《つぶ》のようだな。つやつやとなめらかで、触《さわ》り心地《ごこち》がよい」

尖《とが》り勃《た》っていた乳首をぐにゅっと指の腹で押しつぶされ、こりこりと転がされて、感電したような痺《しび》れが四肢《しし》の先へ走る。

「ああぁんっ」

嬌声《きようせい》を高く散らした唇《くちびる》に、紫藤のそれが重ねられる。

「ふっ、う……ぅんっ」

肉環を力強く貫かれ、隘路をぐいぐいと奥まで押し広げられながら、乳首を捏ねられ、舌を吸われる。あらゆる場所で感じる強烈《きようれつ》な愉悦《ゆえつ》に脳裏《のうり》が白く霞《かす》んでゆく。

穂先《ほさき》を卑猥《ひわい》に揺らすペニスからは、びゅるびゅると淫液《いんえき》が垂れていた。

「んっ、うぅ……っ。んっ、ん、う……っ」

立夏は大きく腰を振《ふ》って、快楽を全身で吸収した。

その淫猥《いんわい》さが、獣人《けものびと》の血に反応せずにはいられない額の徴に操《あやつ》られているのか、恋《こい》を知らなかった自分の中に秘《ひ》められていた本性《ほんしよう》なのかわからないままに。

それからはほぼ毎晩、紫藤と睦《むつ》み合った。

理性を溶《と》かす熱が引くと、いつも堪らない恥ずかしさに襲《おそ》われるけれど、後悔《こうかい》はしない。初めての恋の相手と過ごせる時間は限られているのだから、羞恥心《しゅうちしん》に囚《とら》われている場合ではない。立夏にとっては、紫藤との思い出をたくさん作るほうが大切だ。

銀の刃《やいば》のような細い月が出ていたその夜も、立夏は篝丸が眠《ねむ》ったあと、紫藤の寝所《しんじょ》で過ごした。紫藤の尾に突《つ》き立てられ、激しく乱れすぎたせいで足もとがおぼつかなくなってしまったので、夜更《よふ》けに部屋まで送ってもらうことになった。

「それにしても、こんな尾の使い方など今まで考えたことがなかったが、そなたがいなくなったあとも、自分の尾を見るたびに淫《みだ》らな気分になりそうだ」

濡れ縁《えん》の長い廊下《ろうか》を歩いていたさなか、ふと紫藤が月を見上げて笑った。

「そなたも、あちらで雪豹《ゆきひょう》を見るたびに発情するようになるのではないか？」

「……俺は大丈夫《だいじょうぶ》です。向こうの世界では雪豹って普通《ふつう》に生活していたら、まず見られるものじゃありませんから」

共に過ごす夜を重ねれば重ねるだけ、紫藤への情は深まる。けれども、紫藤は決してこの世界に立夏を留《とど》まらせる言葉を口にしない。

それは立夏も同じだ。こちらへ来てしまった直後はただ反射的に帰りたいと思った。だが、よく考えてみれば、元の世界へどうしても戻《もど》りたい理由などない。自分の帰りを待つ者が誰《だれ》もいないあちらには守りたいものがない。何ひとつ。しかし、この世界ではそうではない。篝丸の成長を見守りたいし、紫藤をそばで支えてその孤独《こどく》を癒《いや》す存在でありたい。未《いま》だに使い方がわからない呪禁師《じゅごんし》の力はともかく、多少は役に立つらしい剣《けん》の腕をこの国を守るために使いたい。

そう思いはしても、もうすぐ妃《きさき》を迎《むか》える紫藤のもとに残る決断はできない。紫藤がそれを求めてくれないのなら、なおさらだ。

紫藤に恋などしなければよかったとは思わない。この初めての恋は、立夏にとっては間違《まちが》いなく何にも代えがたい喜びだ。けれども、遅《おそ》い初恋《はつこい》が実った幸せを胸に、それが終わる日を待つしかないのは辛《つら》い。

こぼしそうになったため息をこらえ、立夏は夜空の月を見上げた。

冴《さ》えた刃のような月を見ているとふと、羅刹《らせつ》の件は何か進展があったのだろうかと気になり、尋《たず》ねかけたときだった。

どこからか微《かす》かな啜《すす》り泣きが聞こえてきた。

「……聞こえますか？」

「ああ。誰ぞ、泣いておるようだな」

「こんな時間に、どうしたんでしょう……」

深夜、権謀《けんぼう》術数渦巻《うずま》く宮中でひっそりと響《ひび》く泣き声。一瞬《いっしゅん》、幽霊《ゆうれい》でも出たのかと思ったが、声の主を探してみると柱の下に蹲《うずくま》って泣いていたのは篝丸だった。

「篝丸、どうしたんだ？」

慌《あわ》てて駆《か》け寄った立夏に、篝丸が「立夏様！」と飛びついてきた。

「立夏様、立夏様……」

篝丸はまるで立夏の存在を確認《かくにん》でもするかのように、何度も立夏の名を呼びながら涙に濡《ぬ》れた顔を胸にぎゅうぎゅうと押し当てる。

自分にきつく抱《だ》きつく小さな仔猫《こねこ》の背を、立夏は撫《な》でてやる。

「どうした？　怖《こわ》い夢でも見たのか？」

はい、と篝丸が頷《うなず》く。

「立夏様が異界へ帰られる夢を見ました。悲しくて目が覚めたら、立夏様がいらっしゃらなくて……。外で涼《すず》んでおられるのかと思って捜《さが》しに行ったのに、どこにもお姿がなく、本当に異界へ帰ってしまわれたのかと思ったのです……」

「寂《さみ》しい思いをさせてごめんな。でも、お前に黙《だま》って帰ったりはしないよ。約束する」

「本当でございますか？」

「うん、本当だよ」

寝起《ねお》きだからか、いつもより甘えてくる篝丸に頬《ほお》ずりをして立夏は微笑《ほほえ》む。

「では、今までどちらにおいでだったのですか？」

一瞬、言葉に詰《つ》まった立夏の代わりに、紫藤が「私のところだ」と答える。

そこで初めて紫藤に気づいたらしい篝丸は、慌てて立夏の腕《うで》から飛び下りて平伏《へいふく》する。

「竜楼様……。お見苦しいところをお見せして、申し訳ありません」

「篝丸、私も立夏を好いておる。そなたは昼、立夏と一緒《いっしょ》であろう？　夜は立夏が私のもとで過ごしても、我慢してくれ」

おそらく意味などわからないままに「はい」と頷《ぬか》ずいた篝丸を、なぜか紫藤が抱き上げた。どこかぎこちない手つきで自分の両脇を持つ紫藤を、篝丸は驚《おどろ》いたように見やる。突然《とつぜん》紫藤に触《ふ》れられて、相当緊張《きんちょう》しているのだろう。全身の毛がもわっと膨《ふく》らみ、尻尾もピンと反っている。

「篝丸。そなた、私の近衛《このえ》になりたいそうだな」

「は、はい……」

「そのために、立夏に剣を習っておるとか」

「はい。立夏様には筋がいいと褒《ほ》めていただきました……」

「そうか。それは何より」

やわらかに笑《え》んで、紫藤は「だが」と続ける。

「近衛は宿直《とのい》をせねばならぬ。夜に母親を恋しがって泣く子供には務まらぬぞ」

笑って言って篝丸を立夏に渡《わた》すと、紫藤は自分の部屋へ帰っていった。

「……びっくりしました」

立夏の腕の中で篝丸が呆《ほう》けたように呟《つぶや》く。

「竜楼様が仰《おっしゃ》ったこと……あれはどういう意味でしょう？」

「篝丸が大人になったら、近衛に取り立ててくださるってことじゃないかな？」

だから、自分にあまりくっつくな、という嫉妬《しっと》も多少は混じっているのかもしれないと思いつつ、立夏は微笑む。

「頑張《がんば》って出世しろよ、篝丸」

「はい、頑張りまする！」

篝丸は笑顔で頷く。

自分には紫藤と幸せになれる未来はない。この先にあるのは、別れと悲しみだ。だから、せめて篝丸には幸福な人生を歩んでほしくて、立夏は小さな身体《からだ》を力一杯《ちからいっぱい》抱きしめた。


それから三日ほどが経《た》った日の朝のことだ。篝丸を午前の授業に送り出し、部屋で寛《くつろ》いでいると、ひとりの女房《にょうぼう》が現れた。

「立夏様。紫藤様のお召《め》しでございます」

いつもなら、紫藤の言葉を伝えに来るのは仙川だけれど、見覚えのない女房だ。

「今、ですか？」

「はい、お急ぎくださいませ」

こんな時間なので、まさか寝所へ呼ばれているわけではないはずだ。元の世界へ帰る方法がわかったのだろうか。

その場でいきなりあちらへ帰されることはないだろうが、念のために篝丸への書き置きを残しておきたかったが、女房にやけに急《せ》かされてできなかった。

戸惑《とまど》いつつ部屋を出かけたところへ、篝丸が慌てた様子で駆けこんできた。

「あ、立夏様。どこかへお出かけですか？」

篝丸は女房にちょこんと頭を下げてから、立夏に問う。

「うん。紫藤様のところへ。篝丸はどうしたんだ？」

「教書を間違《まちが》えてしまったんです」

言いながら文机《ふづくえ》の上に並べていた教書を取り替《か》えていた手がふととまり、篝丸が首を傾《かし》げた。

「どうしたんだ、篝丸。本がないのか？」

「さあ、立夏様。お急ぎくださいませ」

また急かしてきた女房を、篝丸がじっと見上げる。

「失礼ながら、あなた様はどちらの舎殿《しゃでん》にお仕えされている女房様ですか？」

「おかしなことを。この東宮《とうぐう》舎に決まっておる」

「私は東宮舎の女房様たちのお顔を覚えておりますが、あなた様は知りませぬ」

「何を無礼な。獣人《けものびと》ふぜいが」

紫藤の意向が隅々《すみずみ》まで行き届いている東宮舎に仕える女房ならば、心中はどうであれ、篝丸に対して「獣人ふぜい」などと言うはずがない。

立夏も怪訝《けげん》に感じて、眉根《まゆね》を寄せた。

「それに、今朝は廟議《びょうぎ》が紛糾《ふんきゅう》して長引いていると先生が言っておられました。紫藤様もその廟議に参加しておられるはず。あなた様は本当に紫藤様のお使いの方ですか？」

篝丸が毅然《きぜん》と尋ねた直後、女房が広げた掌《てのひら》に光の玉が浮《う》かんで弾《はじ》けた。

網膜《もうまく》を刺《さ》した閃光《せんこう》に頭の中が掻《か》き回される。ひどい目眩《めまい》を覚えながら膝《ひざ》を突《つ》いた立夏の隣《となり》で、篝丸がぱたりと倒《たお》れる。その身体を無造作に拾い上げた女房の姿の輪郭《りんかく》がぼやけるように歪《ゆが》んで、白い衣《ころも》を纏《まと》った男に変わる。額には朱色《しゅいろ》の徴《しるし》があった。

「呪、禁師……？」

立夏の意識が持ったのは、そこまでだった。

「——この者が、東宮の寵愛《ちょうあい》を受けているとはな。まあ、確かに見た目はよいが、男ではないか」

知らない男の声が頭上から降ってくる。

重い瞼《まぶた》をどうにか持ち上げると、烏帽子《えぼし》を被《かぶ》った直衣《のうし》姿の男が視界に映る。知らない顔だ。五十前後だろうか。こちらを見下ろす目は気品があり、そして冷たい。

「お目覚めかな、異界の呪禁師よ」

跳《は》ね起きた場所は、簡素な寝台《しんだい》の上だった。

烏帽子の男の背後には、ふたりの男が控《ひか》えていた。あの呪禁師と鐵だ。呪禁師は鏡を、鐵は弓矢を持っている。

立夏はぼんやりと視線を彷徨《さまよ》わせる。見覚えのない部屋だ。腕が通るか通らないかの細長くて小さな格子窓《こうし》がひとつしかないせいで、外は明るいのに部屋の中は薄暗《うすぐら》い。

部屋で襲《おそ》われてから、どのくらいの時間が経ったのだろう。

「……鐵さん。ここ、どこですか？」

問いながら寝台から下り、立夏は篝丸が見当たらないことに気づく。

「篝丸は？　篝丸はどこですか？」

「あとで会わせよう。私の頼《たの》みを聞いてくれたらね」

烏帽子の男が平坦《へいたん》な声で言う。

「あなた、誰《だれ》ですか？　ここ、どこですか？」

「このお方は右大臣の我来伊沙羅様だ」

そう答えたのは鐵だった。

都へ着いた日から一度も会っていなかったのですっかり忘れていたが、鐵は右大臣・伊沙羅の配下の者だ。

「右大臣……。紫藤様のお祖父《じい》様の……？」

いかにも、と伊沙羅は冷ややかに笑む。

紫藤の母親の秋麗皇后は伊沙羅の養女で、元々は伊沙羅の正妻の遠縁《とおえん》だった。血が繋《つな》がっていないので当然なのかもしれないが、伊沙羅は紫藤と似たところが少しもない。

「ここがどこかは、そなたには関係のないことだが、宮中のとある場所とだけ言っておこう」

「俺に何の用ですか？」

伊沙羅の目配せで呪禁師《じゅごんし》が前に進み出て、立夏に鏡を見せる。呪禁師が指先で鏡面に触れると、焼け落ちた街の光景がそこに映る。ひどい有様の死体も多く、立夏は思わず目をそらす。

「二日前、羅刹《らせつ》に襲われた街だ。無残だと思わぬか？」

悼《いた》む気持ちなど欠片《かけら》も感じられない声で伊沙羅が言う。

「この美しい都も、遠からずこうなる」

「え……」

「今までにない羅刹の大軍が突如《とつじょ》現れ、都を目指して進軍している」

先ほど篝丸が、今朝の廟議が紛糾していると言っていた。おそらくその原因が、羅刹の進軍なのだろう。

「物見によると、羅刹の数は五万。だが、都を守る兵はその半数にも満たぬ。各地の軍勢を招集してはいるが、間に合わぬやもしれぬ」

一気に告げてから、伊沙羅が声を潜《ひそ》めて続けた言葉を聞いて、立夏は目を見張る。

「今朝方、東宮の暗殺が図《はか》られた」

東宮舎を出て、廟議のおこなわれる朝堂院《ちょうどういん》へ向かう途中《とちゅう》の回廊《かいろう》で刺客《しかく》に襲われたという。

「殿下《でんか》はご無事なんですよね？　廟議に参加していらっしゃるのでしょう？」

「刺客は衛士《えじ》がその場で切り捨てたゆえ、東宮にお怪我《けが》はない。だが、今後、羅刹襲来《しゅうらい》の混乱に乗じて、同じことが企《くわだ》てられるのは必定。東宮は衛士をつけられず、おひとりでの行動を好まれるゆえ、私は心配でならぬのだ。そこで、そなたに頼みたいことがある。東宮をお守りするために」

「……何を、ですか？」

「東宮暗殺の首謀者《しゅぼうしゃ》を先に暗殺することだ」

「首謀者って……」

「東宮の兄宮、沙霧宮じゃ」

伊沙羅は淡々《たんたん》と言葉を紡《つむ》ぐ。

「沙霧宮は母親である女御《にょうご》が夏風邪《なつかぜ》で寝込《ねこ》んでおるため、平癒祈願《へいゆきがん》に行っておる。夕刻には皇城に戻るゆえ、そこを狙《ねら》って殺せ」

「できるわけないでしょう、そんなこと！」

「東宮を――ひいてはこの国を守るためぞ！　たとえ羅刹を滅《めっ》しても、沙霧宮が生きている限り、この国に安寧《あんねい》は訪《おとず》れぬ。東宮は常に沙霧宮派に命を狙われ、いずれは帝位《ていい》を巡《めぐ》っての争いで国が二分される。そなたは東宮の寵愛《ちょうあい》を受けておきながら、東宮の身を案じぬのか。東宮を呪《のろ》う沙霧宮が憎《にく》くないのか」

立夏の一番の願いは紫藤の支えになることだ。紫藤のために役立ちたいと常に思っている。

だが、それとこれとは話が別だ。

紫藤からは何度か沙霧宮や伊沙羅の話を聞いた。その言葉の端々《はしばし》から、紫藤が伊沙羅を快く思っていないことは感じ取れた。だが、紫藤は沙霧宮への感情を滲《にじ》ませたことは一度もない。

親しみを覚えてはいなくても、特に憎悪《ぞうお》もしていないといった様子だった。だから、紫藤の暗殺を企てた首謀者が沙霧宮本人なのか、その取り巻きの誰かなのかもわからないのに、沙霧宮への殺意など抱《いだ》きようがなかった。

「俺は異界人です。よく知りもしないあなたたちの国の事情に安易に関与《かんよ》すべきではないと思いますし、そもそもたとえ関《かか》わりたいと思ったとしても不可能です。俺には暗殺の技術なんてありませんから」

立夏は声を荒《あら》らげる。すると、ふいに呪禁師が立夏の手を取り、自分の額に触《ふ》れさせた。手は一瞬《いっしゅん》で離《はな》されたが、指先が感電したように痺《しび》れている。

「──っ。な、何したんですかっ」

狼狽《うろた》える立夏に、鐡がなぜか弓矢を差し出す。

「あの燭台《しょくだい》の火を矢を射て消してみよ、市花殿」

できるわけないでしょう、と立夏は眉《まゆ》をひそめる。

「俺、弓になんて触《さわ》ったことがありませんから」

「とにかく、やってみよ」

強引《ごういん》に弓矢を押しつけられる。一体何を期待されているのか、訳がわからないまま、剣《けん》と違《ちが》って弓は扱《あつか》えないことを証明するつもりで弓と矢を握《にぎ》ったときだった。

身体《からだ》が勝手に動いて弓を引いた。空を切って飛んだ蠟燭《ろうそく》の芯《しん》に命中して火を吹《ふ》き消し、壁《かべ》に突き刺さった。力などほとんど入れていなかったのに、まるで剛力《ごうりき》の者が放ったかのように矢は深く壁に埋《う》まっている。

言葉もなく驚《おどろ》いた立夏の隣で、呪禁師が手をかざす。壁に刺さった矢がひとりでに抜《ぬ》けて、呪禁師の手の中へ飛んでくる。

「そなたには私の弓の技倆《ぎりょう》を分け与《あた》えた。どのような場所からでも、狙った標的に矢を命中させられる」

立夏の手から弓を奪《うば》ってそう言った呪禁師に続き、伊沙羅が再び口を開く。

「市花立夏、沙霧宮を殺すのじゃ。さすれば、今夜にも元の世界へ戻してやろう」

「……お断りします。俺は、殿下に帰していただくので」

それは無理じゃ、と伊沙羅が小馬鹿《こばか》にしたように笑う。

「東宮《とうぐう》はよほど私に借りを作りたくない様子で、そなたのことを私に隠《かく》して、何やら懸命《けんめい》に大学寮《りょう》の文章博士《もんじょうはかせ》らに調べさせているようだが、異界人を異界へ戻すのは呪禁師にしかできぬこと。このままでは、そなた、いつまで経《た》っても帰れぬぞ。それでもよいのか?」

「殿下は……お兄さんを殺すことなんて望んでおられないはずです」

「東宮はその御身《おんみ》に現れた古《いにしえ》の獣人《けものびと》の血を生まれたときより蔑《さげす》まれ続けたせいで、厭世《えんせい》的になられ、帝位を望まれておられぬからな。だが、東宮と沙霧宮とでは、すべての面において東宮が勝《まさ》っておる。あの愚鈍《ぐどん》な沙霧宮が帝位に就《つ》けば、この国は滅《ほろ》びる! 東宮ご自身のお考えがどうであろうと、この国のためには東宮に玉座に座っていただかねばならぬのだ! それが、后腹《きさいばら》の第一皇子《おうじ》として生まれた方の運命《さだめ》じゃ！」

伊沙羅は激情を立夏に投げつけるようにして叫《さけ》ぶ。

「わかったであろう。沙霧宮を殺すのじゃ」

「……俺は殿下に拾われた身です。殿下以外から命令を受ける筋合いはありません」

「あの小汚《こぎたな》い猫《ねこ》の仔《こ》の命は、そなたの返答次第《しだい》だと申してもか？」

「――篝丸をどうするつもりだっ」

かっとして叫んだ立夏を見やり、伊沙羅はしたり顔で笑《え》んだ。

「あの猫を助けたくば、沙霧宮を殺せ。嫌だと申すのであれば、そなたの前であの猫の皮を生きながら剝《は》ぐが、それでもよいのか？」

卑劣《ひれつ》な脅《おど》しに立夏は両手を握りしめ、唇《くちびる》を嚙《か》む。

「俺よりも、もっと手慣れた相応《ふさわ》しい人がいるでしょう？　たとえば、あの人とか」

呪禁師を一瞥《いちべつ》して立夏はあがく。

「さっきも言いましたが、俺は暗殺なんてしたことがありません。たとえ弓の技術だけを移してもらっても、暗殺はもちろん、人を殺した経験がそもそもないんですから、緊張《きんちょう》して失敗するかもしれませんし、捕《つか》まってあなたに脅迫《きょうはく》されたことを話すかもしれません。それでも、俺にやらせるんですか？」

「そうじゃ。そなたしかおらぬゆえな。誰《だれ》にやらせたところで、失敗する可能性がつきまとうのは同じ。万が一、し損じた場合、下手人が呪禁師では我らにとって不都合なのだ。皇族暗殺は企てるだけで大逆ゆえ、極刑《きょっけい》は免《まぬが》れぬ。下手をすれば、呪禁師と市井《しせい》のまじない師の区別もつかぬ左大臣を勢いづかせて、呪禁寮の廃止《はいし》に持ち込まれるやもしれぬ。しかし、羅刹と戦っている今、ただでさえ少ない呪禁師はひとりたりとも減らせぬ。その点、そなたなら、し損じたとわかった時点で異界へ戻してしまえばいいだけのこと。気のふれた異界人の仕業《しわざ》となれば、誰もが仕方ないと諦《あきら》める」

勝手な要求ばかりを突《つ》きつけられ、頭が怒《いか》りで煮《に》え立っているせいで、返す言葉がなかなか見つからない。握りしめた掌《てのひら》に爪《つめ》を食いこませ、冷静になれと自分に言い聞かせていたさなか、部屋の扉《とびら》が開いた。

「失礼いたします」

武官らしい格好の男が慌《あわ》てた様子で入ってきて、伊沙羅に何事かを囁《ささや》く。

忌々《いまいま》しげな低い舌打ちが耳に届く。何かあったらしい。

「私が戻ってくるまで覚悟《かくご》を決めておけ。ここまで話した以上、首を縦に振《ふ》らぬのなら斬《き》る。あの猫共々な」

居丈高《いたけだか》に言い放ち、伊沙羅たちは部屋から姿を消した。

複数の気配が扉の向こうから近づいてきたのは、それからいくらも経たないうちだった。

立夏は持っていた紐《ひも》の片端《かたはし》を右手の甲《こう》に括《くく》りつけて引っ張り、強度を再度確かめる。寝台《しんだい》の敷布《しきふ》を裂《さ》いて作ったものだ。がらんどうのこの部屋で作れた唯一《ゆいいつ》の武器だ。

最初に入ってきた者が伊沙羅なら、素早《すばや》く首に巻きつけて人質《ひとじち》に取り、外へ出る。兵士が最初に入ってくれば、縊《くび》り殺すことも辞さない覚悟で剣を奪い、戦うつもりだ。

従う振りをして渡《わた》された弓矢で戦うことも考えたが、一矢《いっし》必中しか許されないことを考えれば手に入れられる矢は一本だけだろうから、冒《おか》す危険は同じに思えた。

成功するかどうかはわからないが、行動するなら今しかない。伊沙羅はここは宮中だと言っていた。騒《さわ》ぎを起こせば、きっと誰かが気づき、紫藤にも伝わるかもしれない。そのとき、自分は生きていないかもしれないが、紫藤の兄を殺して紫藤の心に影《かげ》を落とす存在になるくらいなら、そのほうがましだ。それに、自分が行動することで、篝丸が逃《に》げ出すチャンスを作ることができるかもしれない。

解錠《かいじょう》される扉の脇《わき》で、立夏は息を潜ませた。開いた扉の影が、立夏の姿を隠す。

入ってきた人影《ひとかげ》に飛びかかろうとした寸前、立夏は目を見開いた。

「お祖父《じい》様、立夏はどこです？」

「やや。これは何としたこと。あの異界人はどうした？　お前たち、ちゃんと見張っておったのか？」

憤慨《ふんがい》する伊沙羅に、誰かが「はっ。ここに出入りした者は誰もおりませぬ。確かです」と狼狽えた声で返す。

「……紫藤様」

扉の後ろから出て、立夏は声を震《ふる》わせる。

振り向《む》いた紫藤が立夏の手に巻かれた紐を見て、片眉を跳《は》ね上げた。立夏が考えていたことがわかったらしく、美しい唇から苦笑《くしょう》が漏《も》れる。

「兵を縊り殺して、武器を奪うつもりだったのか？」

「ええ、まあ……」

「優《やさ》しげな顔をして、そなたはなかなかのつわものよの」

「必死でしたので……」

顔を赤らめて俯《うつむ》いたとき、下がった視界の端《はし》から篝丸が現れた。

「篝丸！」

人目など気にする余裕《よゆう》もなく、立夏は篝丸を抱き上げた。

「大丈夫《だいじょうぶ》だったか？」

「はい、この通り、無事にございます」

「どこも怪我《けが》をしてないか？　酷《ひど》いことをされなかったか？」

はい、と屈託《くったく》なく笑って再度頷《うなず》いた篝丸を、伊沙羅が睥睨《へいげい》する。

「人聞きの悪いことを。その猫に酷い目に遭《あ》わされたのは、我が僕《しもべ》のほうぞ」

「その原因を作ったのは、お祖父様でしょう」

「……殿下《でんか》。私はこの者を元の世界へ帰してやるのと引き替《か》えに、殿下の御為《おんため》にひと働きさせたかっただけにございます。すべては、殿下とこの国のためです」

恭《うやうや》しく頭を下げた伊沙羅を、紫藤は冷たい目で見下ろす。

「とにかく、立夏と篝丸は返してもらいます。いいですね」

強い声音《こわね》で言い放つと、紫藤は立夏を篝丸ごと抱《だ》きしめた。誰にはばかることのない力強さに、胸の中で篝丸が「ふぎゃ」と呻《うめ》いた。

紫藤は少しだけ力を緩《ゆる》め、篝丸の鼻先を軽く弾《はじ》いて「許せ」と笑った。

「立夏、不安な思いをさせて悪かった」

伊沙羅や兵士たちが驚いている気配が伝わってきたが、紫藤は気にしたふうもなく立夏を抱く腕《うで》を放さなかった。

その息苦しいほどの力強さと、布越《ご》しに感じる体温が、紫藤の愛情深さを教えてくれた。そして、自分自身がどれほど紫藤を愛しているのかも、改めて実感できた。

「何があろうと、そなたは私が守る。必ずだ。だから、案ずるな」

「はい……」

立夏が軟禁《なんきん》されていたのは、内裏《だいり》内の呪禁師《じゆごんし》の詰《つ》め所だった。呪禁寮《りょう》はほかの政庁官衙《せいちょうかんが》と同じく内裏の外の皇城内にあるが、この建物は日替《ひが》わりで内裏の警護をする呪禁師たちの詰め所だという。

紫藤は伊沙羅と何か話があるらしく、そこに残ったが、立夏と篝丸は先に東宮《とうぐう》舎へ戻《もど》っているように言われた。前後左右を警護する武官つきで。

東宮舎へ戻る道すがら、紫藤に立夏が伊沙羅に軟禁されたことを報《しら》せに走ったのが篝丸だっ

たことを聞いた。

「皆《みな》、私が何もできない小さな猫だと思い、油断しておりましたので、剣《けん》を奪《うば》うのは容易《たやす》いことでございました」

立夏様に教えていただいた剣術《けんじゅつ》が役に立ちました、と篝丸は立夏の腕の中で誇《ほこ》らしげな笑顔を作る。

「それに、運もようございました。あの建物を飛び出したところで、ちょうど評議を終えられて朝堂院から出てこられた紫藤様のお姿が見えましたので」

「そうか……。ありがとう、篝丸。お前には初めて会ったときから、助けられてばかりだな」

「少しでも立夏様のお役に立てたのなら、嬉《うれ》しゅうございます」

照れくさそうにしながら、耳と尻尾《しっぽ》をくるくる揺《ゆ》らす篝丸に立夏は頬《ほお》ずりをした。

安心すると、ふたりして空腹になった。東宮舎で遅《おそ》い昼食を食べたあと、篝丸は「立派な近衛《このえ》になるためには、こういうときこそ平常心が大切ですから」と授業を受けに出かけた。

立夏もなるほどと思った。気がかりなことはたくさんあるが、今ここで自分が焦《あせ》っても何もできることはない。

夕方に戻ってきた篝丸といつも通り剣の稽古《けいこ》をして、夕食を食べ、風呂《ふろ》に入る。さすがに疲《つか》れてしまっていたのか、湯船の中でうとうとしはじめた篝丸を立夏は慌てて掬《すく》い上げる。身体《からだ》を拭《ふ》いて乾《かわ》かすあいだも、篝丸の頭はこっくりこっくり揺れていた。

「今日は大活躍《だいかつやく》で疲れたな、篝丸」

寝台に寝《ね》かせてやった篝丸が「はい」と眠《ねむ》そうな声を返す。

「たくさん寝て、大きくなるんだぞ」

「……はい。早く大きく、なって……、立派な近衛になり、とう、ございます……」

あくび混じりの将来の夢のあとに、すぐに寝息《ねいき》が聞こえ出す。

あどけない中にも少し凛々《りり》しさが加わった気がする寝顔《ねがお》を眺《なが》めるうち、ふと昼に紫藤に抱きしめられた感触《かんしょく》が蘇《よみがえ》った。

篝丸と紫藤への愛《いと》おしさを深めながら、立夏は決意した。

篝丸が立派な近衛になる未来を守りたい。紫藤の役に立ちたい、その孤独《こどく》な心の支えになりたい。だから、この世界に残ろう、と。

その思いはこのところずっと頭の片隅《かたすみ》にあった。けれども、口にはできなかった。

紫藤が妃《きさき》を迎《むか》えたあとに、自分はどうなってしまうのか不安だったから。何より、居心地《いごこち》のいいこの世界に残ることは、己が無価値な歯車のひとつでしかない現実からただ逃げている気がして、本当に正しい選択《せんたく》なのだろうかという迷いが払《はら》えなかったからだ。

だが、何があっても篝丸と紫藤のために生きようと決めた今、躊躇《ためら》いはもう微塵《みじん》もない。自分の居場所はここなのだと――篝丸と紫藤のいるこの世界でしか自分は生きられないのだとはっきりと悟《さと》った気分だ。

紫藤の隣《となり》に夕星の姫宮《ひめみや》が妃として寄り添っているのを見るのはとても辛《つら》くて苦しいだろうが、たぶん耐えられるはずだ。二十六年間、恋《こい》を知らなかった心は、紫藤に愛された喜びの思い出でいっぱいだから。

それで十分だ。明日からは紫藤の恋人ではなく、ただの一兵卒になってもかまわない。立場など何でもいい。紫藤のために、そして篝丸の未来を守るために、この国に残って戦おう。

あちらの世界では剣の技倆《ぎりよう》は生活の足しにはならなかったけれど、こちらでは多少なりとも役立てられる。きっとそれが、代々剣術を生業《なりわい》にしてきた家に生まれた自分がこの世界へ来た意味なのだ。

――そう思うと居ても立ってもいられなくなり、立夏は部屋を飛び出して紫藤のもとへ向かった。

通い慣れた部屋を訪ねると、紫藤はふたりの武官と何かを話しこんでいた。邪魔《じやま》をしてしまっただろうかと思い、慌《あわ》てて踵《きびす》を返そうとした立夏を紫藤が呼びとめる。そして、武官たちに下がるように告げる。

「どうした、立夏。何かあったか？」

こちらの世界に残って羅刹討伐《らせつとうばつ》軍に入りたい気持ちを伝えると紫藤は驚《おどろ》いた顔をしたあと、「駄目《だめ》だ」と首を振《ふ》った。

「でも、羅刹の大軍が都に攻《せ》めてきているんでしょう？　そんなときに、自分ひとりだけ安全な世界に帰るなんてこと、できません」

「羅刹の進軍は本当だが、右大臣がそなたに聞かせた話はかなり誇張《こちよう》されている。今のところ、数では確かにこちらが劣《おと》るものの、それほど大きな差ではない。招集した各地の軍が到着《とうちやく》すればこちらが上回るし、我らは決して負けはせぬ」

だから案ずるな、と紫藤は立夏の頰を撫《な》でる。

「だとしても、俺は残ります」

紫藤の美しい目をまっすぐに見据《みす》え、立夏は告げる。

「紫藤様はずっと、俺に呪禁師の能力が移ったことには何か意味があるはずだと仰《おっしゃ》っていたでしょう？　その意味がこれだと……ここに残って、紫藤様とこの国のために戦えということだと思うんです」

こちらを見返す双眸《そうぼう》が細くなる。反論が聞こえてくる前に、立夏は続けて口を開く。

「俺、昼に俺を拘束《こうそく》した呪禁師から弓の技倆を移されたんです。今は剣だけでなく弓も使えますから、ちゃんと戦力になるはずです」

「駄目だ。そなたを戦場には出せぬ」

「どうしてですか？」

「そなたを危険な目に遭わせたくないからだ」

「俺も、紫藤様に危険なことをしてほしくありません」

「無茶《むちゃ》を申すな。国を守るのは私の務めだ」

「だから、俺も一緒《いっしょ》に戦いたいんです。俺は、国を守るために戦う紫藤様を守るために戦いたいんです」

ならぬ、と紫藤は再び首を振る。

「駄目だと言われても、俺はもう決めたんです。紫藤様が軍に加えてくださらないのでしたら、俺は東宮舎《こ》を出て、自分で軍に雑兵《ぞうひょう》として志願して入ります。数において優勢でないのなら、多少素性《すじょう》があやふやでも雇《やと》ってもらえるでしょうから」

「立夏。そなたは……」

淡《あわ》くため息をついた紫藤の腕が伸《の》びてきて、その胸の中に抱き寄せられた。

腰に紫藤の尾《お》がきつく巻きつき、芳香がふわりと鼻孔をかすめた。

「こちらに残るというのであれば、妃《きさき》としてだ。それ以外は許さぬ」

思いがけない言葉に耳を打たれ、立夏は大きく目を見開く。

「……紫藤様のお妃なんて、俺には無理です」

「俺は一夫一婦制の国で育ったので、結婚《けっこん》に関してはそれが俺の中の常識です。でも、紫藤様は東宮ですから、お妃がひとりだけというわけにはいかないでしょう？　もし、いつかこの先、本意ではなくても、帝位《ていい》に就《つ》かれるようなことがあったときにはなおさら……」

「私が兵部卿《ひょうぶきょう》宮家の姫宮の入内《じゅだい》話を放置していたのは、興味がなかったからだ。だが、そなたを妻として迎《むか》えるのに必要とあらば、陛下に即刻《そっこく》、入内の取り消しを願い出る」

強い意志を感じさせる声音に感極《きわ》まって胸が痛くなり、立夏は泣き笑いの顔で答える。

「紫藤様こそ、無茶なことを言うんですね……。俺、何の身分もない異界人ですよ？　紫藤様のお妃になんて、なれるわけないじゃないですか」

「立夏。そなたは私を見縊《みくび》っておる」

少し憤慨《ふんがい》したように紫藤が語調を厳《きび》しくする。

「私が、自分で望む者を妃に迎えられぬと思うておるのか？　貴族共から蔑《さげす》まれるけだものの東宮《とうぐう》でも、その程度の力はあるぞ」

確かに、誰《だれ》を妻とするかについては紫藤の意志が通ることなのかもしれない。だが、異界人の平民、それも男の妃など、誰が歓迎《かんげい》するだろう。

獣人《けものびと》の血を引く紫藤の立場は、ただでさえ危うい。もし、左大臣派と右大臣派の政争から逃《のが》れきれず、意に反して即位《そくい》した場合、立夏も東宮妃から皇后となる。けれども、そうなれば立夏は宮中内紛《ないふん》の新たな火種や、下手《へた》をすれば紫藤から東雲の民《たみ》の心が離《はな》れる原因になってしまうかもしれない。

紫藤の足枷《あしかせ》になどなりたくなくて、立夏は首を振《ふ》った。

「俺は妃より兵士のほうがいいです。元々、代々剣術《けんじゅつ》を生業にしてきた家の生まれですし……」

「まったく、強情だな、そなたは」

眉間《みけん》に皺《しわ》を寄せた紫藤がいきなり立夏を抱《だ》きかかえた。

「こちらに残るのであれば、私の妃となれ」

感じる香《かお》りが濃《こ》くなって戸惑《とまど》ううちに、隣《となり》の寝所《しんじょ》へ連れて行かれ、寝台《しんだい》に下ろされる。

瞬《またた》く間《ま》に狩衣《かりぎぬ》を奪《うば》われて袴《はかま》の紐《ひも》を解《ほど》かれ、慌《あわ》てて身を捩《よじ》ったが、脚《あし》のあいだに荒々《あらあら》しく差し込まれた手が陰嚢《いんのう》を弾《はじ》くように持ち上げ、指先がその下の会陰《えいん》を秘所に向けてすべった。

燭台《しょくだい》に灯された火が明るいからか、指が場所を覚えているからなのか、紫藤は立夏のそこを迷いなく捕《と》らえて貫《つらぬ》いた。

「あっ」

最初から二本だった指が、窄《すぼ》まりを強引にこじ開ける。閉《と》じていた肉環《にくわ》の襞《ひだ》がぐうっと引《ひ》き伸《の》ばされてゆく感覚に、内腿《うちもも》が引き攣《つ》る。

「あ、ぁ……」

「立夏。私はそなたに剣《けん》や弓ではなく、この世の宝玉を持たせたい。綺羅《きら》の衣《ころも》で飾《かざ》り立て、何よりも大切にしたいのだ」

甘い声音《こわね》で囁《ささや》く紫藤の指が根元まで深くもぐりこんできて、肉筒《にくづつ》を突《つ》く。

粘膜《ねんまく》をぐいぐいと擦《こす》り上げつつ、二本が別々の方向へと閃《ひらめ》いて内壁《ないへき》をえぐる指遣《ゆびづか》いは大胆《だいたん》で濫《みだ》りがわしく、狂《くる》おしさを煽《あお》られた。

たちまち染《し》み出てきた愛液で肉筒は潤《うる》み、速い出入りを繰《く》り返す指の律動に合わせてぐちぐちと水音が響《ひび》きはじめる。

「あっ、あっ……！」

体内を侵《おか》す指が官能の凝りを捕《と》らえ、捏《こ》ね潰《つぶ》す。そこから生まれる疼《うず》きが熱い波となって、全身へ広がった。

立夏は息を弾《はず》ませて首を振り、崩《くず》れかけている思考回路に意識を集中する。

「し、紫藤様……っ。俺は、真面目《まじめ》に、話をしているんです……っ」

「私も真面目に話しておる」

強い声音で言い放ち、紫藤は蜜壺《みつつぼ》を穿《うが》つ指をさらに増やす。

「ふっ、くう……」

三本の指に情熱的に捏ね突かれた媚肉《びにく》はひとたまりもなく蕩《とろ》け、歓喜《かんき》にうねった。上の衣の裾《すそ》に隠《かく》れているペニスも角度と芯《しん》を持って頭を擡《もた》げ、びくびくと跳《は》ねているのがわかる。

「私の妃になれ、立夏」

左手で器用に立夏の単衣《ひとえ》の帯を解き、紫藤が言う。

「なれ、ません……っ」

「なぜだ。私はそなたひとりを愛しておるし、そなたもそうであろう」

「だ、だから、です……っ。紫藤様、指……、指をっ、抜《ぬ》いて、くださいっ」

紫藤が与《あた》えてくれる快楽の味を知っている身体《からだ》は、期待を膨《ふく》らませて肌《はだ》を火照《ほて》らせている。このままでは理性が快楽に呑《の》みこまれ、話ができなくなってしまう。

「紫藤様っ。お願い、ですからっ」

声を高くして懸命《けんめい》に訴《うった》えると、ようやく指が引き抜かれた。中は一体どれだけ濡《ぬ》れているのか、指が抜け出る瞬間《しゅんかん》、ぐぷぷっと卑猥《ひわい》に粘《ねば》りつく音が鼓膜《こまく》を刺《さ》した。

消えた圧迫感《あっぱくかん》を恋《こい》しがるように肉環の襞が波打ったが、それには気づかない振りをして立夏は息を深く吸う。

「は、ぁ……、んっ……」

立夏に覆《おお》い被《かぶ》さっていた紫藤の身体が後ろへ下がる。落ち着いて話をする気になってくれたのかとほっとしたのは、一瞬《いっしゅん》だった。

紫藤が自身の直衣《のうし》と指貫《さしぬき》を脱《ぬ》ぎ捨てて単衣姿になる。そして、開かれた単衣の下から現れた長大な怒張《どちょう》の根元を握《にぎ》ると、その切っ先を下げた。

獲物《えもの》に狙《ねら》いを定めた蛇《へび》のように立夏に向いて、ぐぐっと伸びた先端《せんたん》から淫液《いんえき》がぼたりと滴《したた》った。鼻孔《びこう》を突いた雄《おす》の匂《にお》いの濃さと、凶暴《きょうぼう》に張り出した笠《かさ》の太さと大きさに肌を粟立《あわだ》たせた立夏を、紫藤が美しい獣の顔で見下ろす。

「立夏、私の妃になるのだ」

逃《に》げる暇《ひま》もなく、熱い切っ先が濡れた窪地《くぼち》の中央に宛《あ》てがわれた。

目の眩《くら》む圧力をそこに感じると同時に、窄まりの襞がめりめりと押し開かれる。

「――ひうぅっ！」

太い亀頭《きとう》が肉環をずぼっとくぐり、立夏の中に沈《しず》みこんでくる。息がとまりそうになるほどの重い衝撃《しょうげき》におののいた隘路《あいろ》はきつく収縮していたが、紫藤はその抵抗《ていこう》をものともせずに腰《こし》を進めてきた。

「あっ、あ……。嘘《うそ》、嘘……っ」

愛液を含《ふく》み、すでに蕩けていた粘膜は侵入《しんにゅう》を拒《こば》んで狭《せば》まり、太々とした亀頭に必死で絡《から》みつく。けれども、そんな抵抗は容赦《ようしゃ》なく跳ね返されてしまう。強い力と熱で媚肉をすり潰しながら、亀頭のすべてがぐぽっと埋《う》まる。

浅い部分の隘路の肉が大きく拉《ひしゃ》げた振動《しんどう》が、視界を揺《ゆ》らす。

「いや……。紫藤、様……っ、いや……っ！」

「こんなに絡みついてくるくせに、嫌《いや》はないであろう」

わずかに上擦《うわず》る声で笑って、紫藤が挿入《そうにゅう》を深める。一番太い部分をもう呑みこんでしまったせいで、脈動する血管を浮《う》かび上がらせた杭《くい》がぬるぬると中へ沈む。

「あ……」

——このままでは力が消える。

紫藤と繋《つな》がって溶《と》け合い、額の恥《は》ずかしい徴《しるし》を消したいとずっと望んできたけれど、そうしてほしいのは今ではない。

肉の杭を根元まで突きこまれる前に、立夏は逃げようとした。のし掛《か》かってくる紫藤の胸に両手を押し当てる。肩《かた》から単衣がすべり落ちるのもかまわずに腕《うで》を思いきり突っ張り、身体《からだ》を反転させる。その勢いで、半ばまで埋まっていた雄のペニスを押し出すつもりだった。けれども、ぬるうっと抜けかけたそれは、外へ出る寸前でとまった。

張り出した笠のふちが、肉環に引っかかったのだ。

「ひうぅっ」

接合部の皮膚《ひふ》が内側から紫藤の雄々《おお》しい形に盛り上がり、引っ張られた襞が捲《めく》れて外気に晒《さら》された。尖《とが》った快感が背を駆《か》け抜けて、堪《たま》らず息を詰《つ》めたときだった。

腰骨《こしぼね》を強く掴《つか》まれた。そして、危ういバランスで繋がったままの身体を元の体勢に戻《もど》されながら立夏は貫かれた。

体内を一気に串刺《くしざ》しにする苛烈《かれつ》な一撃《いちげき》だった。その重い衝撃が脳髄《のうずい》を震《ふる》わせる。

「――あああぁ！」

今まで感じたことのない深い愉悦《ゆえつ》の波が全身を包みこむ。肌をざわめかせる快感に揺すられるように根元からぶるっとしなったペニスが弾《はじ》けて、精液を噴《ふ》き上げる。

「あっ、あっ、あああぁ……」

空を蹴《け》り、ぴゅるぴゅると白濁《はくだく》を撒《ま》き散らす立夏の痴態《ちたい》を満足げに細めた双眸《そうぼう》で眺《なが》めやり、紫藤が単衣を脱ぐ。

「そなたの中は狭《せま》くて熱いな、立夏」

きつく収斂《しゅうれん》する肉筒の締《し》めつけを愉《たの》しむかのように、紫藤がゆっくりと腰を回す。

「はっ、ぁ……ん」

絶頂の余韻《よいん》にぞろぞろと波打っていた粘膜を大きく捏ねられ、鮮烈《せんれつ》な快感が突き上げてきた。吐精して、脚のあいだに力なく垂れていたペニスの穂先《ほさき》からにゅうっと透明《とうめい》な蜜《みつ》が漏《も》れる。細い糸を引いて垂れ落ちるそれを紫藤が指先に絡ませる。そして、そのぬめりを立夏の額にゆるゆると擦りつけて笑《え》んだ。

「喜べ、立夏。そなたの望み通り、童貞《どうてい》看板が消えたぞ」

「――い、今、消すなんて、ひどいです、紫藤様っ」

強引な突き挿《い》れだったけれど、陵辱《りょうじょく》されたとは思わない。身体は確かにはっきりと悦《よろこ》んでいるし、こうして愛されることを渇望《かつぼう》していた相手を本気で詰《なじ》りたいわけでもない。

それでも、困惑《こんわく》が大きくて、返す声が震えた。

「私は謝らぬぞ、立夏。強情なそなたが悪い」

紫藤は凛然《りんぜん》と言い放って身を屈《かが》め、立夏にそっと口づけた。

「ふ……、う……っ」

「……でも、剣の技倆《ぎりょう》まで消えたわけではありません」

「呪禁師《じゅごんし》の異能はもう消えた。諦《あきら》めて、私の妃《きさき》となれ」

迷いながら異議を唱えた唇《くちびる》を、何度も啄《ついば》まれる。紫藤の熱い充溢《じゅういつ》を呑みこまされたまま、優《やさ》しいキスを繰り返されるうちに混乱が凪《な》ぎ、頭の芯までもが溶けてしまいそうになる。

「立夏。私が望んでいるのはそなたを兵にすることではない。妃になると申せ」

わずかに残った理性と頷《うなず》きたい気持ちとが胸の中でせめぎ合う。

答えに迷って視線を泳がせた直後、紫藤がいきなり腰を使いはじめた。

「あっ」

「そのように強情を張り続けるのなら、私にも考えがある」

太くて長いペニスが抜け落ちる寸前まで引き出されたかと思うと、次の瞬間には分厚い亀頭のふちで痙攣《けいれん》する粘膜をずるるっとえぐりながら体内へ戻ってくる。

熟《う》れた媚肉の狭いあわいを、圧倒《あっとう》的な質量を誇《ほこ》る楔《くさび》の丸々とした亀頭が力尽《ちからず》くで押し広げる。隘路の奥を荒々《あらあら》しく掘《ほ》りこまれ、立夏は高い悲鳴を迸《ほとばし》らせた。

「あぁぁ！」

「立夏。私の精力は獣《けもの》と同じ。そなたが無意味な抗《あらが》いをやめるまで、こうしてそなたを責め抜いて啼《な》かせ続けるぞ」

紫藤が突きこみの角度を変えて、立夏の中を激しく穿《うが》つ。

「あ、あ、あ、あ……！　そんな、の……っ、卑怯《ひきょう》、ですっ」

抗議《こうぎ》をしたつもりの声は蕩《とろ》けきっていて、ぬかるんだ肉筒《にくづつ》は雄の責めを誘《さそ》うように粘膜《ねんまく》を淫猥《いんわい》に蠕動《ぜんどう》させた。

「卑怯でもかまわぬ。私はどうしても今宵《こよい》、そなたを妃にしたいゆえ」

言って、紫藤が抽挿《ちゅうそう》を速める。

「あぁぁっ」

極太のペニスが凄《すさ》まじい速度で出入りを繰《く》り返す。前へ後ろへ、右へ左へと獰猛《どうもう》に動き回る熱くて長い剛直《ごうちょく》に、媚肉《びにく》がごりんごりんと突《つ》き刺される。

猛々《たけだけ》しい律動のつど、紫藤の大きな陰嚢《いんのう》に汗《あせ》で湿《しめ》った肌をびたっびたっと強《したた》かに叩《たた》かれる。

時折、紫藤が立夏の名を呼んで口づけてくると、密着した腹部のあいだでペニスが押《お》し潰《つぶ》された。鋭《するど》い快感に悶《もだ》えて背を反らせば、空に突き出た乳首を舌先で弾《はじ》かれ、転がされる。

「ひぁっ、あああ……。紫藤様……っ」

「立夏。兵は諦めて、私の妃になるか？」

甘く掠《かす》れた声で問いかけ、紫藤が腰の動きを大きくする。

うねる粘膜を硬《かた》い亀頭のふちでずぼずぼと深く掘りこまれ、身体の芯が痺《しび》れた。身体の内でも外でも、鮮《あざ》やかな歓喜《かんき》が爆《は》ぜていた。あまりに強烈《きょうれつ》な感覚に、いつしか再び勃起《ぼっき》していたペニスが限界を訴えて蜜口をわななかせる。

もう、快感を追うこと以外、何もできなかった。

「あっ、あっ！　紫藤様、駄目《だめ》っ、駄目……っ」

「強情な。まだ嫌《いや》だと申すのか」

立夏のこぼした言葉の意味はわかっているはずだ。なのに、意地の悪い肉食獣《にくしょくじゅう》の顔つきで笑んだ紫藤が、腰遣《こしつか》いをさらに速めながら立夏の陰嚢を尾《お》の先で刺《さ》した。

丸く膨《ふく》れて張りつめていた皮膚の表面がぐぼっとえぐれ、立夏の脳裏《のうり》に閃光《せんこう》が走る。

「——あああぁん！」

あられもない喘《あえ》ぎと共に、立夏は白い精を飛ばした。

「……っ。よく、締《し》まる」

痙攣して収縮する肉筒を何の手加減もなしに掘りこむ雄の形が、変化しはじめた。大きく脈動した幹が一層膨れ上がって容積を増し、その太い切っ先がずずずっと伸《の》びてくる。

「あっ、そんな……っ。おお、きっ」

体内で直に感じたあからさまな変化に本能が怯《おび》えた。反射的に腰を捩《よじ》ったものの逃げられるはずもなく、信じられない奥深くへどすりと亀頭を突き立てられた。

「ああっ！」

立夏は空を蹴った足先をきつく丸め、悶絶《もんぜつ》した。

「そなたの欲しがっていたものだ、立夏。受けとめよ」

ぶしゅっと音がしそうな勢いで噴き出て逆巻いた礫《つぶて》のような粘液《ねんえき》に、爛熟《らんじゅく》した肉を叩かれた。

「ひぅうぅ！」

ねっとりと重い粘液をびゅうびゅうと迸らせるあいだも、紫藤は腰《こし》の動きをとめなかった。吐精後も逞《たくま》しく漲《みなぎ》ったままの硬《かた》いペニスで、ぐっしょりと濡《ぬ》れた隘路《あいろ》をごりんごりんと突かれ続ける。肉と肉とが荒々しく擦《こす》れて縺《もつ》れる狭間《はざま》で、立夏の滲《にじ》ませる愛液と大量に撒かれた白濁とが混ざり合って、じゅぷじゅぷと淫猥に泡《あわ》立《だ》っているのがわかる。

ぐずぐずに溶かされた粘膜は雄々しいペニスにぴったりと絡《から》まりつき、奥を捏《こ》ね突いた紫藤が腰を引くたび、一緒《いっしょ》に持っていかれてぐぽっと捲れる。そして、その拍子《ひょうし》に泡立った白濁が漏れ飛んだ。

「あ、あ、あ……」

自分のこの姿に欲情《よくじょう》している雄《おす》のペニスの大きさと太さ。情熱的な抽挿を繰り出す腰遣いの強靭《きょうじん》さ。体内をずっしりと満たす白濁の重さや、中から漏れたそれが肌《はだ》をすべり落ちていくこそばゆさ。

何もかもが気持ちがよくて愛《いと》おしく、立夏は息がとまりそうな歓喜の波に襲《おそ》われた。

「紫藤、様……。もう、駄目……。とまって……、とまって、ください」

広い背に腕を回し、立夏は弾《はず》む吐息《といき》のあいだから懇願《こんがん》する。

「私の妃になるのであれば」

紫藤が突き上げの速度を落とし、腰をゆっくりと回しながら笑《え》んだ。蕩けた肉襞をぬちゅうと捏ねられ、立夏は眦《まなじり》を熱くする。

「……本当に俺でいいんですか？」

「何度もそう申しておる。そなたは私の妃だ。ただひとりの伴侶《はんりょ》だ」

鼓膜《こまく》に深く沁《し》みこんできた優しい囁《ささや》きが、どうしようもなく嬉《うれ》しかった。込み上げてきた喜びで声が詰《つ》まり、立夏は何度も何度も頷《うなず》いた。

頬を優しく撫でる指に誘われて瞼を上げると、片肘を突いて横臥する紫藤がこちらを見つめていた。寝台《しんだい》を囲む帳越《とばりご》しに明るく透《す》き通《とお》った陽《ひ》の光を感じる。

「朝陽を浴びて微睡《まどろ》む我が妃は、天人のように麗《うるわ》しい」

目覚めるなり贈《おく》られた賛辞《さんじ》に少し面食らい、立夏は淡《あわ》く苦笑する。

「麗しいのは紫藤様だと思いますけど」

愛し合って初めて迎《むか》えた朝の光が何だか面映《おもは》ゆくて、紫藤の胸に頬をすり寄せたとき、どこからか仙川の声が聞こえた。朝餉《あさげ》の準備の指示をしているらしい。ほかにも幾人《いくにん》かの女房《にょうぼう》たちの気配がする。紫藤の部屋の周りの格子《こうし》を上げているようだ。

女房たちは間もなく、紫藤の更衣《こうい》のために寝所《しんじょ》へ入ってくるだろう。その前に服を着て、自分の部屋へ戻《もど》らねばならない。紫藤にとって立夏は妃でも、仙川たちにとっては単なる居候《いそうろう》の異界人にすぎないのだから。

急いで身を起こした立夏に紫藤が長い尾を巻きつけ、甘く微笑《ほほえ》む。

「そう狼狽《うろた》えずともよい。そなたを妃にしたことは、もう仙川に伝えてあるゆえ」

その言葉通り、ほどなく寝所に現れた仙川も女房たちも顔色ひとつ変えずに、立夏の身支度《みじたく》を手伝った。傅《かしず》かれ慣れている紫藤は平然としていたが、立夏は濃《こ》い情事の痕《あと》を見られることへの動揺《どうよう》が抑《おさ》えきれなかった。

湯殿《ゆどの》にだけはどうにかひとりで入り、仙川が用意してくれていた直衣《のうし》と指貫《さしぬき》を纏《まと》う。着替《きが》えたあとはそのまま紫藤の部屋で朝食をとることになり、篝丸も呼ばれた。

「今日はめでたい日ゆえ、無礼講だ。いつものように寛《くつろ》ぐがよい」

紫藤にそう促《うなが》されても、何がめでたいのかわからず、居心地《いごこち》が悪そうに固まっている篝丸を立夏は膝《ひざ》の上に乗せた。普段《ふだん》なら、膝に乗せた篝丸の口に食べ物を運んでやるのはおやつ時だけのことなのだが、今朝は照れくささも手伝ってくっついていたい気分だった。

「ほう。そなたは寝《ね》るときだけではなく、食事時もそのように立夏に甘えておるのか」

紫藤が篝丸に揶揄《からか》う眼差《まなざ》しを向け、おかしげに笑う。

「ひどうございます、立夏様。これでは、私はただの甘えん坊《ぼう》の子供です」

潤《うる》んだ目で訴《うった》えると、篝丸は立夏の懐《ふところ》へもぐりこんで隠《かく》れてしまった。

「出ておいで、篝丸」

「恥《は》ずかしいから嫌《いや》でございます」

早く立派な近衛《このえ》になりたい篝丸は、まだ本当に子供なのに甘えん坊だと思われたことがよほど恥ずかしかったらしい。立夏の懐から垂らした小さな尻尾《しっぽ》をぶんぶん振《ふ》った。

「篝丸、出て参れ」

笑みを含《ふく》んだやわらかな声に呼ばれ、篝丸は慌《あわ》てたようにころんと転がり出て、立夏の隣《となり》に背筋を伸《の》ばして座る。その愛らしい様子に、紫藤が美しい双眸《そうぼう》を穏《おだ》やかに細める。

「そなたらの睦《むつ》まじさは真《まこと》の親子のようだな。いっそ、本当の親子となるか？」

「――できるんですか、そんなこと」

前のめりに尋《たず》ねた立夏の横できょとんと目を瞠《みは》った篝丸を見やり、紫藤が言う。

「篝丸、立夏は私の妃《きさき》になった。そなたは皇族ではないゆえ、東宮妃《とうぐうひ》の養子にはなれぬ。だが、猶子《ゆうし》になることは可能だ」

猶子とは、相続権を持たない義理の子供のことだという。

「富も地位も己《おのれ》の力で一から築かねばならぬがな。どうだ？」

様々なことに驚《おどろ》いているようで、青い目をまん丸にしている篝丸を立夏は抱《だ》き上げる。

「篝丸、俺の子になってくれるか？」

「もったいないお言葉です、立夏様」

青い目と一緒に、篝丸の丸い顔がくしゃりとゆがむ。

「もったいないわけないだろう。お前みたいに可愛《かわい》くて賢《かしこ》い子が俺の子供になってくれたら、こんなに嬉しいことはないよ」

「私も嬉しゅうございます。夢のように幸せでございます」

ぎゅっと抱きついてきた篝丸に、立夏は頬ずりをした。

伴侶ができて、子供もできた。ひとりぼっちで生きる寂《さび》しさを知っているぶん、家族を持てた喜びが胸の中で大きく膨らんだ。

嬉しくて幸せで、箸《はし》がなかなか進まなかった。いつもより時間がかかった朝食が終わった頃《ころ》、仙川が盆《ぼん》に小皿と鋏《はさみ》を載《の》せて持ってきた。

「紫藤様、こちらでよろしゅうございますか？」

頷《うなず》いた紫藤の前に盆が置かれる。

「立夏、そなたの髪《かみ》を一房《ひとふさ》くれぬか？」

東雲式の結婚《けっこん》の儀式《ぎしき》か何かだろうか。不思議に思いつつ「どうぞ」と頷くと、紫藤が立夏の前髪《まえがみ》の先を少し切った。

「その髪、どうするんですか？」

訊《き》いた立夏に、紫藤が優《やさ》しい笑みを向けて言う。

「そなたと共に過ごした日々の証《あかし》に」

紫藤のつややかな尾が、立夏の頬をするりと撫でる。

「……証？」

返された言葉の意味が理解できずに首を傾《かし》げたときだった。

部屋の中の空気が陽炎《かげろう》のように大きく揺《ゆ》らぎ、その向こうから白い衣《ころも》を纏《まと》い、錫杖《しゃくじょう》を持った数名の呪禁師《じゅごんし》が現れた。

ふたりの呪禁師が立夏の両脇《りょうわき》を抱《かか》えて立たせる。

「──な、何するんですかっ」

「立夏様！」

立夏を守ろうとして指貫にしがみついた篝丸を、紫藤が引きはがして抱《だ》き寄せる。なぜだろうか。紫藤は突然《とつぜん》乱入してきた呪禁師たちにまるで驚いていない。

「篝丸のことは案ずるな。そなたの子は私の子と同じ。篝丸は私が責任を持って養育する」

「紫藤様？　どういうことですか！」

一体、何が起こっているのかさっぱり見当がつかず、狼狽える立夏の足もとを、呪禁師たちが呪文《じゅもん》のようなものを唱えながら錫杖で突《つ》く。立夏を囲むように光の輪が浮《う》かび上がったかと思うと、身体《からだ》が動かなくなる。

「立夏。そなたには殺し合いのない安寧《あんねい》な世で恙《つつが》なく生を全《まっと》うしてほしい。それが私の願いだ」

嫌だ、と叫《さけ》ぼうとしたが声が出ない。

「私は昨夜、そなたを妃にした。私の妃は生涯《しょうがい》、そなただけ。そなた以外の妃は決して娶《めと》らぬ」

立夏様、立夏様、と暴れる篝丸をしっかりと抱いたまま、紫藤は微笑《ほほえ》む。

その美しい笑みが網膜《もうまく》に深く沁《し》みこんできて、あとからあとから涙《なみだ》が溢《あふ》れた。

自分を見つめる紫藤の目は澄《す》んでいて、紡《つむ》がれた言葉には偽《いつわ》りがないと確信できた。

そして、立夏はようやく理解した。羅刹《らせつ》の進軍に関する情報は、きっと伊沙羅の話のほうが真実だったのだ。だから、紫藤は立夏を滅亡《めつぼう》の危機に立つこの国から元の世界へ戻そうとしている。おそらく昨夜、立夏を抱いたとき、紫藤はもう決意していたのだろう。

「息災で暮らせ、立夏」

別れを告げられた瞬間《しゅんかん》、目の前が白い光に包まれた。

眩《まぶ》しくて咄嗟《とっさ》にきつく閉《と》ざした瞼を上げたとき、立夏は川沿いの夜道に立っていた。

見慣れた夜の家路だ。

この道を歩いて家に帰りたいと恋《こい》しく思ったことも確かにあるけれど、今はもう何の愛着も感じられない光景を呆然《ぼうぜん》と眺《なが》めて、立夏は涙を流した。

頬を伝い落ちる涙と一緒《いっしょ》に、ほんの少し前まで胸を満たしていた幸福感が跡形《あとかた》もなく消え失せた。安全な世界で寿命《じゅみょう》を全うできたところで、紫藤と篝丸がいなければ何の意味もない。ひとりでただ生きながらえるだけの人生に、幸せなど一片も見出《みいだ》せはしない。

「俺の稼《かせ》ぎに文句があるんなら、お前が働け、デブ！」

「四つ子抱えて、どうやって働くのよ、ハゲ！」

ふと耳に刺《さ》さった聞き覚えのある男女の怒鳴《どな》り声にまたたいた直後、大きな水音がした。川のほうへ視線を巡《めぐ》らせると、泳ぐ人影《ひとかげ》が見えた。

もしかすると、空間を移動しただけでなく時間も遡《さかのぼ》って、あの夜に帰ってきたのだろうか。

――だとすれば、泳いでいるのは呪禁師のはず。

立夏は涙をぬぐって、橋のたもとの階段を駆《か》け下りる。黒々とした水面《みなも》から這《は》い上がってきて、咳《せ》きこんでいる小柄《こがら》な人影に声を掛《か》けた。

「大丈夫《だいじょうぶ》ですか？」

顔を上げたのは間《ま》違《ちが》いなく、あの夜に出会った若い呪禁師だった。立夏を見やって目を大きく瞠った呪禁師の手には、掌《てのひら》サイズの奇妙《きみょう》な形の鏡が握《にぎ》られていた。

「市花……立夏様ですね？」

まだ東雲国と――紫藤と繋《つな》がっていることに安堵《あんど》して頷いた立夏に、呪禁師が不思議そうに「一体、そのお姿は？」と尋ねた。

直衣姿と全身濡《ぬ》れ鼠《ねずみ》。互《たが》いに、誰《だれ》かに目撃《もくげき》されると通報されかねない格好なので、立夏は琥《こ》珀《はく》と名乗った呪禁師を急いで家へ連れ帰った。

道すがら、立夏は琥珀に、川に落ちたあと東雲国へ流れ着き、ひと月暮らしたことを告げる。驚いていた琥珀は、半年ほど前から東京で過ごしていたという。

鉢《はち》植《う》えに隠していた合鍵《あいかぎ》で家の中へ入り、琥珀にまずシャワーを使わせた。よほど大切なものなのか、琥珀は鏡を持ったまま風呂《ふろ》場《ば》に入った。

風呂場に隣接《りんせつ》する台所で、立夏は頭の整理をするためにコーヒーをいれた。ひと月ぶりに口にするそれは、ただ苦いだけだった。味覚がすっかり変わってしまったことを自覚すると、東雲国へ帰りたい思いが胸から溢れて苦しくなった。

飲みきれないコーヒーを持て余して数分経《た》った頃、琥珀が貸したジャージに着替えて出てきた。立夏には琥珀の力のすべてが移ったわけではないようで、その額には朱《あか》い徴《しるし》があった。

「ありがとうございました、立夏様。身体が温まりました」

「……夢で、君を見たよ」

琥珀には温かいほうじ茶を出し、古いテーブルを挟《はさ》んで向かい合う。

「はい。長いあいだ、お捜《さが》ししておりましたので、立夏様の気配を見失わないように印をつけるため、夢にお邪魔《じゃま》させていただきました」

「捜してたって、どうして？」

「東雲で暮らされたのでしたらご存じかと思いますが、我が国は今、羅刹の襲撃《しゅうげき》を受け、亡国の危機を迎《むか》えております」

ほうじ茶を一気に飲み干し、琥珀は言った。

「この窮地《きゅうち》を救えるのは、かつて羅刹を地底に封印《ふういん》した半神半人の呪禁師・真城様の末裔《まつえい》で、なおかつ純潔を保たれているお方のみ。こちらの世界には真城様の子孫が幾人《いくにん》かいらっしゃいますが、尊き神の血を宿しておられたのは立夏様ただおひとりでした！」

興奮気味の琥珀の説明によると、立夏の遠い祖先は気まぐれに異界を渡《わた》り歩き、偶然《ぐうぜん》出会った娘《むすめ》と恋に落ちてこちらの世界に住み着いた呪禁師らしい。そして、その呪禁師は、真城の子孫だったという。

そう聞かされて、立夏は首を傾げる。

「東雲国にいるあいだ、あちらのことを少し学んだけど、真城という呪禁師はそもそも伝説の人物だろう？」

「いいえ。羅刹封印《ふういん》の功績を朝廷《ちょうてい》のものとするため、真城様は伝説として歴史から葬《ほうむ》り去《さ》られてしまいましたが、実在されたお方です。現に、真城様の作られたこの玉鏡は宝物殿《ほうもつでん》に収められているときには曇《くも》って何も映しませんでしたが、私がこちらの世界へ来ると立夏様の存在を感じられて突然光り出し、私を立夏様のもとへ導いてくださったのです。それに、立夏様は呪禁師ではないにもかかわらず、私の力を吸い取られました。それも、立夏様に真城様の——太古の神の血が宿っておられる証です」

自分が本当に真城の子孫だとしたら、琥珀の力を奪《うば》ってしまった説明もつく。だが、自分が神の子孫だなどと告げられても、なるほど、そうだったのか、と受け入れることは難しい。

困惑《こんわく》してふと、紫藤から聞いたある話を思い出す。

「皇城の宝物殿から剣《けん》と鏡を盗《ぬす》んだ呪禁師って、もしかして……」

「はい。私と、師の白雲《はくうん》様です。白雲様はいずれ結界の綻《ほころ》びが広がって、地底から羅刹の大軍が這い出てくると予言されていたにもかかわらず、耳を貸す者は誰もおりませんでした」

それゆえの、国を救うための苦肉の策だったのだ、と琥珀は口惜《くちお》しげに言った。

「羅刹を再び完全に封印するには、真城様の剣を用いなければなりません。しかし、真城様の剣は宝物殿の奥深くに収められておりました。真城様は伝説の人物にされ、その聖なる剣も単なる上代の宝飾《ほうしょく》刀のひとつとして扱《あつか》われておりましたが、宝物は宝物。異界のお方を真城様の子孫だと連れてきても、刀に触《ふ》れされてはもらえなかったでしょうから」

盗み出した聖剣は今、隠遁《いんとん》の術を得意とする白雲が持っており、琥珀が真城の子孫を連れ帰る日を待っているのだという。

琥珀がこちらへ持ってきた玉鏡は東雲国とこの世界を繋ぐ通信機でもあるそうだ。その玉鏡を琥珀はうっかり川へ落としてしまい、捜《さが》すために欄干《らんかん》に立っていたらしい。琥珀と一緒に川に落ちたとき、水中があんなに光って見えたのも、玉鏡のせいなのだろう。

「とにかく、すぐに東雲国へ戻《もど》って、紫藤様に話を聞いていただこう。紫藤様は道理のわかった方だし、君たちが剣と鏡を盗んだことを特に怒《おこ》ってもいなかったから、わけを話せばきっと罰《ばっ》せられたりはしないはずだ」

琥珀の話を鵜呑《うの》みにしたわけではないものの、今はとにかく紫藤のもとへ帰りたかった。自分の幸せを願ってくれてのことだとしても、あんな別れ方など納得《なっとく》できるはずがない。それに、もし本当に自分が真城の子孫ならば自分の居場所はここではなく、紫藤のいるあの国なのだ。

急《せ》かした立夏を見やる琥珀が、怪訝《けげん》そうな表情を作る。

「立夏様は東宮《とうぐう》をご存じなのですか？」

どこから話そうか迷い、腕《うで》を組んで首を傾《かたむ》けた直後、琥珀が立夏を凝視《ぎょうし》して息を呑《の》んだ。

「立夏様。その額……。まさか……、純潔を失われたのですか！」

ひどく真剣《しんけん》な顔で詰《つ》め寄られ、立夏は反射的にそうだと認める。そして、東雲国での出来事を簡単に説明した。

「そんな……。真城様の聖剣を抜《ぬ》くことができるのは、あなた様おひとりでしたのに……。それでは、我らが重ねた苦労がすべて水の泡《あわ》ではありませんか！」

絶望したように声を震《ふる》わせ、だが琥珀はすぐにはっとして頭を下げる。

「お許しください。言葉が過ぎました。立夏様も東宮も事情をご存じなかったのに……」

「俺は呪禁師の徴は失ったけれど、剣は多少使える。君と同じくらい、東雲国を守りたいと思ってる。だから、俺を一緒に連れて行ってくれないか」

それはできません、と琥珀が首を振《ふ》る。

「私の力の多くは、立夏様の中へ流れてしまいました。先ほど玉鏡で何度も試しましたが、白雲様と気を通じ合わせることすらできませんでした」

「……じゃあ、君はずっとここにいることになるのか？」

「いえ。この世界にはあちこちに東雲国へ通じる道がございますので」

それは、人には見えない洞窟《どうくつ》のようなものらしい。

「どこにあるかは予《あらかじ》め調べてあります。少し時間はかかりますが、そこを使って戻ります」

「その道は、呪禁師《じゅごんし》でなくても通れるんだろう？」

だからこそ、東雲国では異界人のことを誰もが知っているに違《ちが》いない。

そう思った通り、琥珀は戸惑《とまど》い気味に「ええ」と頷《うなず》く。

「なら、どうして同行させてくれてないんだ」

「危険だからです。私の力は今、とても弱くなっています。立夏様と一緒にその道へ入っても、途中《とちゅう》ではぐれてしまうかもしれませんし、同じ場所の同じ時間にたどり着ける保証などありません。もし、何十年、何百年もずれた時代へおひとりで落ちてしまったら、どうされるおつもりですか。真城様の血の力を失ってしまった立夏様をお捜しする術《すべ》は私にはないのですよ？」

それでもかまわない、と間髪《かんはつ》をいれずに立夏は返す。

「……私は東雲の民《たみ》ですから、自分の生まれ育った国を無条件に愛《いと》おしく思います。ですが、この国は東雲国とは比べものにならない、夢のように素晴《すば》らしい文明国ではありませんか。なのになぜ、わざわざこの国を捨てようとなさるのですか？」

「東雲国には、ここにはない、命に代えても守りたいものがあるからだ」

紫藤を、篝丸を強く想《おも》って告げた立夏の前で、琥珀が持っていた玉鏡が光った。

その鏡面に、紫藤の姿が映る。紅錦《こうきん》の直垂《ひたたれ》に深紅《しんく》の鎧《よろい》と母衣《ほろ》を纏《まと》い、長い髪《かみ》をひとつに纏《まと》めて高く括《くく》っている。背後に見える景色は戦場ではなく、宮中のようだ。紫藤のそばには伊沙羅がおり、ふたりは何かをしきりに言い争っていた。

『立夏を元の世界に戻す代わりに、お祖父《じい》様の望み通りの帝《みかど》になると私は誓《ちか》いました』

突然《とつぜん》、鏡から声が聞こえた。

『しかし、妃《きさき》は娶《めと》らぬ約束です！　お祖父様の推《お》す親王《しんのう》を次の東宮にいたしますゆえ、それでよいでしょう！』

声高《こわだか》に言い放った紫藤の首には、小さな袋《ふくろ》が下げられていた。鎧姿にはちぐはぐなそれは、デニム地で作られていた。きっと、山荘《さんそう》で会った夜に立夏が穿《は》いていたものだ。

見なくても、その中に何が入っているのかわかり、息が詰まりそうになった。

『そうは参りませぬ。先日のあの猫《ねこ》の元服式で殿下《でんか》が御加冠《ごかかん》役を務められ、夏月《かげつ》などという分不相応な名まで与《あた》えられたことで、あの者をまさか養子にされるおつもりではないのかと誰もが動揺《どうよう》しておりまする。皆《みな》の乱れた心を鎮《しず》めるためにも早急《そうきゅう》に妃を娶られ、御子《おこ》を儲《もう》ける必要がございます』

『いい加減になされよ、お祖父様！　羅刹《らせつ》どもに都に攻《せ》め入られようとしている今、妃の話などをしている場合ではありませぬ』

『こんなときだからこそ、殿下の血を残しておかねばならぬのです！　殿下の御身《おんみ》に万が一のことあらば、玉座は沙霧宮のものになってしまいますぞ！』

伊沙羅がヒステリックに叫《さけ》んだところで、映像は途切《とぎ》れた。

琥珀から奪うようにして鏡を振ってみたが、再び紫藤の姿を見られることはなかった。

「紫藤様……」

愛おしい孤高《ここう》の皇子《おうじ》の名を呟《つぶや》くと、会いたくて堪《たま》らなくなって眦《まなじり》に涙《なみだ》が滲《にじ》んだ。

「琥珀さん、頼《たの》む。俺も一緒《いっしょ》に連れて行ってくれ」

今のやり取りだけではははっきりしないが、東雲国では立夏が去ってからかなりの時間の経過があったようだ。伊沙羅が口にしていた「元服した猫」とはおそらく篝丸のことだろう。東雲国では元服は人間なら十一歳からおこなわれるので、生後半年だった篝丸がその年齢《ねんれい》に達したということは少なくとも三ヵ月程度が経っているということだ。

そのあいだに、羅刹の軍が都に迫《せま》ったのだろう。

「……お許しください、立夏様。あなた様をお連れすることはできません」

琥珀は静かに、だがきっぱりと立夏の願いを拒《こば》む。

「私は呪禁寮《りょう》にいた頃《ころ》、東宮と右大臣の諍《いさか》いを何度も聞いたことがあるので知っておりますが、東宮は即位《そくい》を望んでおられませんでした。にもかかわらず、立夏様のためにその堅《かた》かったお気持ちを翻《ひるがえ》されたご様子。立夏様を何よりも深くご寵愛《ちょうあい》されているからこそでしょう。立夏様をこちらの世界へ戻されたのも、それゆえのはず。東宮は、立夏様に争いのない平安の世で生きてほしいと願われたのでしょう？　私には東宮のお気持ちを無にすることはできません。立夏様は東宮のお心に従い、こちらの世に留まるべきです」

「嫌《いや》だ……」

自分のことを想ってくれる紫藤の心はわかる。わかるからこそ、紫藤のもとへ戻りたい気持ちがいっそう強くなる。

「ここがどれだけ平和な世界だろうと、紫藤様のいない世界じゃ生きる意味がないんだ！」

紫藤のいる世界へ帰りたい。それだけを願って心からの叫びを発したときだった。

――ならば、行け。我が裔《こはな》よ。

頭の中で不思議な声が響《ひび》き、玉鏡から眩《まぶ》しい光が溢《あふ》れて部屋の中を白く染めた。


樹木や土の匂《にお》いを強く感じて目を開けると、そこは森の中だった。隣《となり》には琥珀もおり、足もとには玉鏡が落ちている。

「ここ、は……？」

「白雲様がお隠《かく》れになっている森に似ていますが、でも、まさかそんなことは……」

ふたりで森の中を見回していると、ふいに目の前の大木の輪郭《りんかく》が空気に溶《と》けるようにゆがんで、その中からひとりの男が現れた。

「白雲様！」

薄汚《うすよご》れた衣《ころも》を纏い、美しい宝飾《ほうしょく》の施《ほどこ》された太刀《たち》を大切そうに抱《いだ》く壮年《そうねん》の男の前に、琥珀が膝《ひざ》を突《つ》く。

「琥珀よ、困難な務めをよく果たしてくれた」

穏《おだ》やかに笑《え》んで、白雲は立夏の前に恭《うやうや》しく額《ぬか》ずいた。

「長年お捜《さが》し申し上げておりました、市花立夏様。羅刹に苦しめられ、侵略《しんりゃく》されようとしているこの国をどうかお救いください」

「白雲様。立夏様はもう……、真城様の血を失われてしまいました……」

「何を申す、琥珀。立夏様はこのように麗《うるわ》しき神の御徴《おしるし》をお持ちではないか」

窘《たしな》められた琥珀が怪訝そうに立夏を見やって叫ぶ。

「立夏様、額に銀の御徴が！」

渡《わた》された鏡に顔を映すと、消えたはずの呪禁師の徴が額に刻まれていた。それも、元の赤ではなく、銀の——。

「どうして……」

鏡に映った徴を呆然《ぼうぜん》と凝視し、立夏はふと肌寒《はだざむ》さを感じた。精神的なものではない。ほんの数時間前までいた東雲国は夏だったのに、季節が変わっている。

動転していたので目に映っていても気づけなかったが、多くの木々は葉を落としている。

もしかして、紫藤と出会う前に移動して、純潔を失う前の身体《からだ》に戻《もど》ってしまったのだろうか。

——いや、そんなことが起きるなら、時間を遡《さかのぼ》ってあの川べりへ戻されたときにそうなっていたはずだ。おそらく、時間は進んでいる。先ほど、玉鏡で見たあの時間に近いのかもしれない。

確認してみると、今は霜月《しもつき》だった。やはり、時は三ヵ月進んでいる。

「羅刹の軍はどこにいますか？」

「青鱗城を陥《お》とし、都の北の城壁《じょうへき》に攻撃《こうげき》を仕掛《しか》けております。東宮は奮戦されておりますが、もういくらも持ちますまい」

半月前に陥落《かんらく》した青鱗城のそばに、新たな結界の綻《ほころ》びが生じたそうだ。呪禁師たちが近づけないために塞《ふさ》ぐことができないその穴はこれまでに確認されたものの中でも最大級の亀裂《きれつ》で、そこから羅刹が次々と湧《わ》き出ているという。

帝は皇城に留まっているものの、羅刹軍のあまりの数の多さに恐《おそ》れをなした人々が毎日雪崩《なだれ》を打って都から逃《に》げ出しているそうだ。その中には貴族や軍人も多く含《ふく》まれているらしい。

「元々、朝廷軍《ちょうていぐん》は数の上で劣《おと》っておりましたが、今や城壁を守れていることが不思議なほどにその差は圧倒的《あっとう》です」

白雲はため息をついて言い、立夏をまっすぐに見つめた。

「立夏様、どうか羅刹を薙《な》ぎ払《はら》い、この国をお救いください」

「そうできるなら、もちろんしたいです。でも、俺は本当にあなたたちが捜していた人物なんでしょうか？　それに、彼の言う通り、俺はもう純潔ではありません」

戸惑《とまど》う立夏の前で、白雲が唐突《とうとつ》に刀を抜《ぬ》こうとした。だが、鞘《さや》と刀身が溶接《ようせつ》でもされているかのようにびくともしない。

「これは真城様の作られた剣《けん》で、この通り、私めには抜けませぬ」

抜けない剣を、白雲は立夏に「どうぞ」と差し出す。

「宮中のぼんくら共は、この剣が古く、錆《さ》びついているがゆえに抜けぬなどとぬかしておりますが、大きな誤り。これは真城様がご自身の血を混ぜて鍛刀《たんとう》されたもの。真城様の血を受け継《つ》ぐ方にしか操れぬだけで、錆びてなどおりませぬ。どうぞ、お確かめください」

柄《つか》を握《にぎ》った立夏に、白雲が「刀はすぐにおしまいください」と付け加える。

「この場には無用の強力な霊気《れいき》が放たれますゆえ」

半信半疑で立夏は柄を引く。何の抵抗《ていこう》もなくすらりと抜けた刀からまばゆい光が舞《ま》い散った。眩しさのあまり慌《あわ》てて刀を鞘に押しこんだ立夏は、一変した周囲の光景に瞠目《どうもく》した。

冬が近いはずなのに、立夏たちの周囲にだけ青々とした緑が蘇《よみがえ》り、花が咲《さ》いている。

「これで、おわかりでしょう。立夏様は間違《まちが》いなく真城様の子孫。それに、あなたはすでに真城様のお声を聞いておられるではありませんか」

白雲が恭《うやうや》しい手つきで玉鏡を持つ。力の弱まった琥珀は白雲と言葉を交わせなかったが、白雲のほうは玉鏡を通じて立夏たちの会話を聞いていたそうだ。

「この玉鏡には真城様の霊気が残っております。あなたをこちらの世へ送られたのは、あなたの想いに感銘《かんめい》された真城様なのですよ」

言われてみれば、あの不思議な声は確かに立夏を「我が裔」と呼んだ。

「でも……、呪禁師の力は純潔を失うと消えるはずでしょう？」

いかにも、と白雲は朗らかに笑った。

「しかし、真城様もその子孫であられるあなたも神の血を宿しておられます。人の理《ことわり》を超《こ》えた存在であられますゆえ、純潔も獣人《けものびと》も関係ありませぬ。現に、真城様は大層お盛んな方で、たくさんのお子を儲《もう》けられましたよ。もちろん、徴を持たれたままで」

「は、はあ……。そうですか」

「さあ、立夏様。急ぎ、東宮をお助けいたしましょうぞ」

この短時間に見聞きしたのは、驚《おどろ》くしかないことばかりだ。納得《なっとく》できたかと問われると素直に頷《うなず》きがたい気持ちがまだ強い。だが、紫藤を守りたい一心で立夏は「はい」と応じる。

「白雲様。私はお供はできません。ここに置いていってください」

そう願い出た琥珀に、白雲が眉《まゆ》を吊《つ》り上げた。

「捕《と》らえられることを恐れておるのか？」

「まさか。宝物殿《ほうもつでん》から真城様の聖剣と玉鏡を持ち出したのは、東雲国のため。この身など、どうなっても、悔《く》いはございません。しかし、私は力の大半を失ってしまいました。立夏様と白雲様の足手まといにはなりたくありません」

「何を申すか。お主の力はとっくに戻っておるではないか」

師の言葉に、琥珀はきょとんと目をしばたたかせたあと、空に高く浮《う》き上がった。

「まことに！　力が戻っておりまする！」

琥珀は地に降りて、はしゃぐふうに叫《さけ》ぶ。

「自分の力のこともわからぬとは、まったく、この未熟者めが」

鼻筋に皺《しわ》を寄せた白雲に、立夏は都までの距離《きょり》を問う。

「北に向かって駿馬《しゅんめ》で五日。しかし、天馬《てんま》をお呼びくだされば、ほんの一瞬《いっしゅん》でございます」

「天馬？」

「真城様の愛馬です。真城様が亡くなられたあと、天に戻ってしまいましたが、立夏様がお呼びになれば、再び降りてくるでしょう」

「……真城って三千年前の呪禁師ですよね？　その馬、まだ生きてるんですか？」

「天馬でございますれば」

白雲に促《うなが》されるまま天に向かって念じると、本当に天馬が空を駆《か》け降りてきた。大きな羽を羽ばたかせる美しい白馬が二頭――。

『ほう。真城の子孫はなかなか見目麗《みめうるわ》しいではないか。気に入った』

居丈高《いたけだか》に言った白馬は藍翠《らんすい》と名乗り、もう一頭を妻の朝涼《あさすず》だと紹介《しょうかい》した。

藍翠の背から見下ろしたそこに、立夏の知る都の光景はなかった。

どの大路小路にも人の姿はなく、巨大《きょだい》な街は死んだような静けさに包まれている。ジャージ姿の琥珀と朝涼に跨《また》がる白雲の話では、都に残っているわずかな者たちは皆《みな》、家の中に閉じこもり、息を潜《ひそ》めているという。都の中央に聳《そび》え立つ皇城の柱や瓦《かわら》の朱色《しゅいろ》だけが鮮《あざ》やかなまま光り輝《かがや》いているさまが、却《かえ》って空虚《くうきょ》だ。

閑散《かんさん》とした都の空を北上すると、空気が俄《にわか》に一変した。

都を囲む城壁の北側で、凄《すさ》まじい怒号《どごう》と刃鳴《はな》りと弦音《つるおと》が響《ひび》いていた。鋭《するど》い鉤爪《かぎづめ》を使って城壁を登る羅刹《らせつ》と、その上で迎《むか》え撃《う》つ朝廷軍の兵士たち。城壁の外にも内側にも、無数の骸《むくろ》が積み重なっていた。鬨《とき》の声とも悲鳴ともつかない叫び声が反響《はんきょう》する中で死臭《ししゅう》と血臭が混ざり合い、大気を重く澱《よど》ませている。

「火矢を放て！」

一際《ひときわ》勇ましい咆哮《ほうこう》が高く響き渡る。その聞き慣れた声の先を立夏は辿《たど》った。

城壁の上へ辿り着く羅刹を深紅《しんく》の母衣《ほろ》を翻《ひるがえ》しながら次々に斬《き》り、兵士たちを鼓舞《こぶ》する紫藤の姿を見つけた。

「藍翠、東宮《とうぐう》のもとへ！　深紅の鎧《よろい》を纏《まと》った方だ」

藍翠が空を蹴《け》って下降する。白雲と琥珀を乗せた朝涼があとに続く。

紫藤の率いる朝廷軍も、城壁を攻《せ》める羅刹軍も空を駆ける二頭の天馬に気づき、呆《ほう》けたように動きをとめる。神話でしかなかったはずの天馬の姿に、どよめきの波が広がる。聖剣の発する霊気を感じ取ったのか、羅刹の中には地中へもぐって逃げ出す者もいた。

「立夏！」

城壁の上から自分を呼ぶ紫藤と視線を絡《から》ませ、立夏は真城の聖剣を抜き、高くかざした。

一面を白い光が覆《おお》う。その激しい閃光《せんこう》が収まったとき、羅刹はひとり残らず消えていた。空を見上げて固まっていた兵士たちがやがて我に返り、怒濤《どとう》めいた歓声《かんせい》を上げた。

「九頭竜《くずりゅう》夏月か。強そうな名前だな」

「はい。勇ましい武官になれるよう、竜楼様がつけてくださいました」

立夏の膝《ひざ》の上で、直垂《ひたたれ》姿の篝丸改め夏月が誇《ほこ》らしげに告げた。

そこは東宮舎の中の、立夏の部屋だ。夏月は元服後に新しく部屋を与《あた》えられて居住場所が変わったそうだが、ここは紫藤の命によって、ずっと立夏の部屋のままだったという。

数時間前に、立夏と共に皇城に戻った紫藤は、正殿《せいでん》でおこなわれている廟議《びょうぎ》に出ている。羅刹を封《ふう》じた立夏への報償《ほうしょう》と、その手助けをした白雲と琥珀の処遇《しょぐう》を決めるためだ。

当事者ではあるけれど、立夏は無位無冠《むいむかん》のため、白雲と琥珀は手配中の罪人であるために、廟議への参加は許されなかった。

藍翠と朝涼は久しぶりの下界をじっくり見物したいそうで旅に出てしまったが、立夏が呼んだときにはどこにいても瞬時《しゅんじ》に戻ってきてくれるらしい。

「それにしても、篝丸……じゃなかった、夏月。ずいぶん大きくなったな」

抱き上げた夏月は小さな仔猫《こねこ》ではなく、すっかり成猫《せいびょう》の身体《からだ》になっていた。青く透《す》き通っていた目も黄味の濃《こ》い琥珀色《こはくいろ》に変わっている。

「私はもう元服をすませた大人でございますゆえ」

羅刹との戦いのせいで、元服と同時に受ける予定だったらしい官人登用試験である考試が延期になってしまったため、夏月にはまだ位がない。

代わりに二色から剣術《けんじゅつ》の指南を受け、来月にも一兵士として戦いに加わるつもりだったという。青鱗城が陥落《かんらく》した戦いで二色は負傷して前線を離《はな》れ、鐵は命を落としてしまったそうだ。

「お前が戦いに出る前に戻《もど》ってこられて、本当によかった」

心の底からそう思い、立夏は夏月をぎゅっと抱《だ》きしめる。

「これからはずっとお前と一緒《いっしょ》だよ」

頬《ほお》ずりをして告げると、夏月が目を丸くした。

「てっきり、こうしてお会いできるのは、今日が最後だと思っておりました」

「どうして？」

「立夏様は太古の神の血を宿す尊きお方ですから、もう直接お声を聞くことも叶《かな》わないだろうと……」

「それは逆だ」

言いながら、紫藤が部屋の中へ入ってくる。廟議が終わったようだ。紫藤は直衣《のうし》に着替《きが》えていた。

「本来なら、徴《しるし》の戻った立夏のそばに元服した獣人は置けぬからな。そなたがそうして仔猫のように立夏に甘えることができるのは、立夏が色香《しきこう》を発さぬ神の末裔《まつえい》ゆえだ」

流れる口調で言葉を紡《つむ》ぎ、紫藤は立夏の腕《うで》の中から夏月を取り上げて、床《ゆか》の上に下ろす。

「ただし、そなたはもう子供ではないのだから、立夏と褥《しとね》を共にすることはできぬぞ」

「はい、竜楼様」

神妙《しんみょう》に頷いた夏月の頰を父親のような優《やさ》しい手つきで撫《な》でて、紫藤は「今宵《こよい》はもう下がれ」と退室を命じた。

「私も立夏に積もる話があるゆえ」

「では、失礼いたします」

ぺこんと一礼をして部屋を出る夏月に「また明日《あした》な」と声をかけると、夏月の尾《お》が嬉《うれ》しげにふりふり揺《ゆ》れた。

「紫藤様。白雲さんと琥珀さんは……」

「呪禁寮《りょう》への復籍《ふくせき》が認められた」

「じゃあ、処罰《しょばつ》されないんですね」

胸《むね》を撫で下ろした立夏を、紫藤がまっすぐに見つめて問う。

「なぜ戻ってきた」

「俺は紫藤様の妃《きさき》でしょう？　一生、紫藤様のそばを離れるつもりはありません」

「……帝《みかど》は私への譲位《じょうい》を条件に、そなたとの婚儀《こんぎ》を許してくださった」

静かに言って、紫藤は立夏を抱き寄せる。

「私は即位《そくい》する。力及《およ》ばず、荒廃《こうはい》させてしまった都の再建を果たすのが、私の責務ゆえ」

そこで一度言葉を区切り、紫藤は続けた。

「私は今まで宮中には——この都には、表面上はどれだけ恭《うやうや》しくとも、内心ではけだものの皇子である私を蔑《さげす》む者しかおらぬと思っていた。だが……、貴族や官人が次々に都を捨てて逃《に》げる中で城壁《じょうへき》に留まり、私と共に戦ってくれる者が多くいた。彼らが示してくれた忠義に報いるためにも、一日も早く都を立て直したのだ」

立夏に向く目には、揺るぎない決意の光が宿っていた。

伊沙羅との取引や、自分との婚儀のための即位ではない。紫藤は、国と民《たみ》のことを深く思って帝となるのだとはっきりとわかった。

「紫藤様。俺、まだ自分の持つ血への自覚がありませんし、人には抜《ぬ》けない剣《けん》を抜ける以外に何ができるのかもよくわかりませんけど、精一杯《せいいっぱい》、紫藤様をお支えします」

「此度《こたび》のことで忠臣を得られたとは言え、私の周囲には味方ばかりがいるわけではない。大きな気苦労をかけるだろうが、それでも、かまわぬのか？」

立夏は紫藤の尾を胸に抱き、「もちろんです」と笑った。

「紫藤様と、そして夏月と一緒にいられるなら、どんな苦労だって平気です」

「一日も経《た》っていない？」

燭台《しょくだい》から放たれるオレンジの光が淡《あわ》く広がる寝台《しんだい》の上で、立夏の纏《まと》う直衣と指貫《さしぬき》を脱《ぬ》がせた紫藤の眉《まゆ》が跳《は》ね上がる。

「ええ。あちらへ帰されたときも、こちらへ戻ってきたときも時間を飛び越《こ》えて移動したようなので、俺の中ではまだ一日未満です」

突然《とつぜん》の別離《べつり》の苦しみを味わったり、想像もしていなかった血の秘密を知って驚《おどろ》いたり、愛する者たちとの再会に涙《なみだ》したり。

とても目まぐるしい一日でした、と立夏は苦笑する。

「何やら釈然《しゃくぜん》とせぬな」

言いながら最後に残った単衣《ひとえ》の帯を少し乱暴な手つきで解いた紫藤は、立夏を押《お》し倒《たお》した。自身も素早く単衣姿になり、膝立ちの格好で立夏の腰《こし》を跨ぐ。そして、立夏の単衣の前を開くと、露《あら》わになった胸に手を当てた。しなやかな張りのある胸筋が描《えが》くささやかな膨《ふく》らみを確かめるように、紫藤は掌《てのひら》をゆっくりと回す。

「んっ……」

捏《こ》ね揉《も》まれる胸がじんわり熱くなる。紫藤の掌の下で乳首が芯《しん》を持って凝ってゆく。硬《かた》く勃《た》ち上がった肉芽が押しつぶされて拉《ひしゃ》げ、根元からぐにぐにと回し転がされる。胸を炙《あぶ》られるような快感に、吐《は》く息が震《ふる》えた。

「私はそなたを失った悲しみに、三月も耐《た》えていたのだぞ」

「お言葉ですが、紫藤様。俺は紫藤様のおそばに残ると決意して、そうお伝えしたのに、無理やり帰したのは紫藤様ですよ？」

漏《も》らされた不満にやんわりと不満をぶつけ返すと、「確かにな」と紫藤が淡く笑んで、立夏の乳首《ちくび》を摘《つ》まんだ。

指の腹のあいだに強く挟《はさ》まれた刺激《しげき》で、肉芽はさらに硬度《こうど》を増す。硬く尖《とが》れば尖るほど、通った芯をくりくりときつくねじり上げられ、肌《はだ》の火照《ほて》りが深まっていった。

「だが、私はそなたに生きてほしかったゆえ、ああするよりほかになかったのだ。だから、そなたをこの腕に抱けぬ悲しみに溺《おぼ》れはしても、そなたを帰したことを悔《く》やみはしなかった」

その言葉に一片の偽《いつわ》りもないことがはっきりとわかる強い口調で紫藤は告げる。

「この世を去るときには愛しい者と共に逝《ゆ》くことが幸福だと申す者もおるが、私はそうは思わぬ。愛する者を黄泉《よみ》への道連れになど、したくはなかった」

胸から離れた手が、立夏の頬へ移る。

「……紫藤様は羅刹《らせつ》との戦いで討ち死にするつもりだったのですか？」

「そなたにはお祖父《じい》様の話は大げさだと申したが、私が告げたことも真実とはいささか違《ちが》ったゆえな。もちろん、羅刹どもにこの首をただくれてやる気は毛頭なかったが」

頭上から、やわらかな光を湛《たた》えた眼差《まなざ》しが降ってくる。

紫藤が自分をどれほど強く深く愛してくれているのかは、痛いほど伝わってくる。だから、昨夜つかれた優しい嘘《うそ》を責めようとは思わないし、生涯《しょうがい》でただひとりの伴侶《はんりょ》に選んでくれたのなら紫藤が苦境に立っているときこそ隣《となり》で支えたかったと言い募《つの》るのは間違《まちが》いだと思う。

けれども、三ヵ月ものあいだ、不利な戦況《せんきょう》下で朝廷《ちょうてい》軍を率い、都を守り通した紫藤が秘めていた覚悟《かくご》のことを考えると、胸がひりついた。

意に反して元の世界へ戻されて辛《つら》かったが、紫藤もまた辛かったのだ。背負うものが途方《とほう》もなく大きいぶん、立夏以上に──。

「……壮絶《そうぜつ》な三ヵ月でしたね」

立夏は咄嗟《とっさ》に起こした身をずらし、膝《ひざ》立ちの紫藤に抱きつく。

「まことに。兵部卿宮《ひょうぶきょう》が都を捨てて逃げたほどだ」

驚いて瞠目《どうもく》した立夏の首筋を撫で、紫藤は静かに言葉を紡《つむ》ぐ。

「兵部卿宮は風雅《ふうが》を好まれる心の繊細《せんさい》な方ゆえ、日々報告される、いつ都に攻《せ》め入られてもおかしくない戦局の悪さに耐えられなかったのであろう」

都を捨てたのは兵部卿宮だけではないとは言え、国の軍事防衛を司《つかさど》る省の長官が我が身の安全だけを図《はか》って逃亡《とうぼう》した罪は誰《だれ》よりも重いはずだ。

「兵部卿宮は処罰されるのですか？」

「本来ならば。しかし、兵部卿宮の一行は行き方知れずだ。宮本人はともかく、宮の家族や供の者に罪はない。どこぞでひっそり暮らしておればよいが」

「そうですね……」

決して偽善《ぎぜん》ではなく、本心から立夏は頷《うなず》いた。

兵部卿宮の行動は、自身の立場に付随《ふずい》する責任を無視した許されないものだ。だが、それは単なる利己主義というよりは、愛する家族と生きながらえたいという人としての本能に突《つ》き動かされたものだったかもしれない。

真実を確かめる術《すべ》はないけれど、夕星の姫宮《ひめみや》の──まだ十八の少女の心境を考えると、せめて無事でいてほしいと願わずにはいられなかった。

「その兵部卿宮の件では、お祖父様はさすがに立つ瀬《せ》がない様子だった」

微苦笑《びくしょう》をこぼし、紫藤は立夏の頤《おとがい》をくすぐる。

「都を──この国を救ったそなたに無体を働いた負い目もあるはずゆえ、有力貴族らが一悶《ひともん》着《ちゃく》起こしそうなそなたとの婚儀の際には、せいぜい暗躍《あんやく》してもらおう」

腰を下ろした紫藤に口づけられる。

「んっ、ふ……ぅっ」

「立夏……。私の妃はそなただけ。私は生涯、そなたの僕《しもべ》だ」

唇《くちびる》を甘く食《は》まれ、舌を吸われる合間に鼓膜《こまく》が溶《と》けてしまいそうな愛の囁《ささや》きが降ってきて、胸の中で喜びが舞《ま》う。

「紫藤、様……。好き、です……。愛しています……」

大きな幸福感ごと紫藤を抱《だ》きしめ、何度も口づけを交わした。

やがて唇が離《はな》れていったとき、立夏は紫藤の単衣の下腹部が盛り上がっていることに気づいた。少し躊躇《ためら》いつつも、紫藤の単衣の前を開いた直後、雄々《おお》しい肉の剣が眼前に現れた。

太々と笠《かさ》を広げる亀《き》頭《とう》に、幾《いく》本もの血管を浮《う》き立たせている棍棒《こんぼう》めいた赤黒い幹。その根元には叢《くさむら》が黒々と濃《こ》く茂《しげ》り、どっしりとした陰嚢《いんのう》が重たげに垂れている。

目覚めた血のせいか、いつものような思考回路を灼《や》く匂《にお》いは感じない。代わりに、頭の中には天《てん》を衝《つ》いて聳《そび》え勃つ長大な雄《おす》への愛《いと》おしさで満ちていた。

眼前の怒張《どちょう》をまじまじと眺《なが》めてから、立夏はその前へ屈《かが》みこむ。そして、脈動する幹を根元から舐《な》め上げ、分厚く張り出した亀頭冠《きとうかん》を舌先でつついて吸った。

「……っ、立夏……」

掠《かす》れた声を漏らした紫藤が立夏の髪《かみ》を梳《す》き、うなじを撫《な》でる。

与《あた》えられる甘美な愛撫《あいぶ》に陶然《とうぜん》としつつ、立夏はどうしようもなく愛おしい熱塊《ねっかい》に唇を寄せ、舌を這《は》わせた。大きすぎて口に含《ふく》めないぶん、丁寧《ていねい》に。

ほどなくどっと溢《あふ》れはじめた先走りで硬く張りつめた幹だけでなく、強《こわ》い叢や陰嚢までもが濡《ぬ》れて、ぬらぬらと照りだした頃《ころ》、「もうよい」と欲情《よくじょう》にまみれた声で制された。

単衣を奪《うば》われて肩《かた》をそっと押される。仰向《あおむ》けになった立夏の脚《あし》を性急な手つきで割った紫藤も、自らの単衣を脱ぎ捨《す》てる。

「甘い蜜《みつ》の匂いが香《かお》ってきそうな潤《うる》み具合だな」

揶揄《やゆ》するように笑われて、立夏はようやく気づく。

この瞬間《しゅんかん》まで目の前の雄しか意識していなかったが、立夏のペニスも真っ赤に膨れてぐっしょりと濡れ、後孔《こうこう》も花襞《はなひだ》の奥から淫液《いんえき》を滴《したた》らせているのがわかる。

「あ……」

亀頭の先の秘唇から糸を引いて垂れ落ちる欲情の雫《しずく》が、燭台の灯《あか》りを反射して光るさまがあまりにみだりがわしく、深い羞恥心《しゅうちしん》が突き上がってくる。

反射的に秘所を覆《おお》い隠《かく》そうしたが、それより早く窄《すぼ》まりを指で突かれた。

「あっ、ん」

ぬかるんだ蜜壺《みつつぼ》は長い指の侵入《しんにゅう》を何の抵抗《ていこう》もなく許し、根元まですするりと吸いこんだ。擦《こす》られた内壁《ないへき》がくちゅぅっと卑猥《ひわい》に粘《ねば》る水音を響《ひび》かせる。

「ふ、ぁ……」

「中もよく濡れて、もう蕩《とろ》けておる」

艶然《えんぜん》と笑んだ紫藤が二本に増やした指を前後させ、大きく回転させせる。隘路《あいろ》を突き捏ねられ、媚肉《びにく》をほぐされる感覚に、腰が高く浮いて揺《ゆ》れる。

はしたないその動きのせいで、弓なりに反って下腹部に穂先《ほさき》をつけていた屹立《きつりつ》も一緒《いっしょ》に、透明《とうめい》な蜜を散らしながらぷらんぷらんとしなったが、恥《は》ずかしいと思う気持ちはもうどこかへ飛んでしまっていた。

「あ、あ……っ。あぁぁ……っ」

肉筒《にくづつ》を捏ね穿《うが》つ愛撫に劣情《れつじょう》が煽《あお》られ、同時に散らす声もどんどん高くなってゆく。官能の炎《ほのお》に炙られる身体《からだ》が、指よりももっと太くて長いものに愛されることを望んでいた。

立夏は紫藤の指をきつく食い締《し》め、下肢《かし》を力ませた。肌を燃やす身体の意図を察したかのように、指は粘膜《ねんまく》を引っ掻《か》きながらにゅるりと抜《ぬ》け出た。

「はっ、あ……、んっ」

「別のものがほしいのか、立夏」

「は、い……」

火照る身体が求めるままに頷いてねだると、紫藤が隆々《りゅうりゅう》と猛《たけ》る自身の肉の楔《くさび》を扱《しご》き上げた。粘度《ねんど》の強い淫液をぶしゅっと噴出《ふんしゅつ》させた先端《せんたん》が、ゆっくりと立夏のそこへ向けられる。

「あっ。あっ、い……っ」

ぼたぼたと滴《したた》ってきた粘液《ねんえき》を呑《の》みこまされた花襞が、その熱さに驚《おどろ》いて波打つ。肉環《にくわ》の表面がひくんひくんと震《ふる》えて、ぎゅっと収縮した瞬間だった。

硬《かた》く窄まった環《わ》を、熱塊に貫《つらぬ》かれた。

「——あああぁっ」

圧倒《あっとう》的な質量を誇《ほこ》る極太の杭《くい》がわななく肉環を限界まで引き伸《の》ばして、立夏の体内にずぶずぶと入りこんでくる。

凄《すさ》まじい圧力で襞を捲《めく》り上《あ》げる紫藤の怒張は、濡れそぼつ肉筒をかき分け、掘《ほ》りえぐりながら躊躇《ちゅうちょ》なく侵入を深める。

「ひぅっ……。あ、あ、あ……、紫藤様っ。あああっ！」

紫藤の太い尾《お》を幾度《いくど》となく受け入れてきたそこは、快感を柔軟《じゅうなん》に吸収する器官へと作り替《か》えられている。巌《いわお》のように硬い怒張を深く呑みこむのがまだ二度目でも、痛みはない。

それでも圧迫感《あっぱくかん》は大きく、息が詰《つ》まりそうになる。酸素を求めて喘《あえ》ぎ、逃《に》げを打つように捩《よじ》った腰《こし》を摑《つか》まれ、最奥まで一気に突きこまれた。

まだ今日は荒《あ》らされていない深い場所の肉をどすりと串刺《くしざ》しにされた衝撃《しょうげき》が重く響き、立夏のペニスは根元からぶるぶる躍《おど》り上がって弾《はじ》けた。

「──あああ！」

頭の中で尖《とが》った歓喜《かんき》が破裂《はれつ》して、白い飛沫《ひまつ》がびゅうぅっと高く噴《ふ》き上がる。

「立夏。そなたの中は、桃源郷《とうげんきょう》のように心地《ここち》がよい」

激しい痙攣《けいれん》の波を広げる粘膜を亀頭のふちでごりっと擦られ、内腿《うちもも》が引き攣《つ》った。

「ひうぅっ」

目が眩《くら》みそうな快感に足先をきつく丸めて悶《もだ》えた拍子《ひょうし》に、体内を侵略《しんりゃく》した怒張の凶器《きょうき》めいた輪郭《りんかく》を強く感じてしまい、立夏は腰を躍らせた。その振動《しんどう》が萎《な》えたペニスを卑猥に回し、鈴口《すずくち》から透明な蜜をにゅるっと細く押し出した。

「う、う、う……、あっ、は……ぁ、んっ」

「立夏、そなたはどうだ？　私と同じように、心地よいか？」

紫藤が腰を小刻みに律動させ、甘やかさと獣性《じゅうせい》が混ざり合った声で問いかけてくる。

「ああっ……、ぁ……んっ」

極《きわ》まりの快感が広がる肉筒はびくびくと収斂《しゅうれん》を繰《く》り返し、そのせいで粘膜が紫藤の雄にぴったりと絡《から》みついてしまう。よりはっきりと紫藤の雄々しい形状と熱を感じるだけでも腰骨《こしぼね》が崩《くず》れ落ちそうになるのに、狭《せば》まろうとする隘路を丸々とした亀頭の先で強引にこじ開けられ、ぐりぐり突かれる強烈《きょうれつ》な感覚に立夏は空を蹴《け》って悶絶《もんぜつ》した。

「あっ……、ひうぅっ」

「立夏、どうなのだ？　教えてくれ」

紫藤は結合部を強く密着させ、長大なペニスの切っ先をさらに奥へ押しこむようにして立夏の答えを促《うなが》す。

「──い、い……ですっ。すごく……、気持ち、いい……っ」

両手で敷布《しきふ》に爪《つめ》を立てながら、立夏は震える声を散らす。

気持ちがいい。身体だけでなく、心までも溶けてしまいそうに。

その大きすぎる快感は、それによって自分が自分でなくなってしまうのではないかという怖《こわ》さと紙一重で、立夏は極まりの余韻《よいん》が収まるまで動かないでほしいと訴《うった》えようとした。だが、舌が縺《もつ》れて上手《うま》く動かず、告げたかった言葉はあられもない嬌声《きょうせい》にしかならなかった。

「あ、あ、あぁっ！　くっ、ふぅ……っ」

眦《まなじり》に涙《なみだ》の溜《た》まった目で紫藤を見つめると、低い唸《うな》り声が落ちてきた。

それが、激しい抽挿《ちゅうそう》の始まりの合図だった。

勝手に染《し》み出す蜜と雄の先走りでぬかるむ隘路の表面を、張り出した亀頭のふちが深くえぐりながら後退する。そして、肉環を抜け出る寸前にその亀頭は痙攣する粘膜をかき分けて戻《もど》ってきて、先端で立夏の奥を押し開く。

「あああ！　あぁ……！」

長くて太い肉の杭が、やわらかく蕩けた内壁をごりごりと容赦《ようしゃ》なく擦り、突《つ》き刺《さ》す。ただでさえ強烈な快感を、浮き上がった臀部《でんぶ》にどっしりと膨《ふく》れた陰嚢がびたっびたっと当たって跳《は》ね上がる甘美な刺激《しげき》が増幅《ぞうふく》させる。

「くっ、ふぅ……うっ」

逞《たくま》しい剛直《ごうちょく》の突き上げは苛烈《かれつ》で、立夏を激しく揺さぶった。爛熟《らんじゅく》した媚肉と一緒に頭の中まで掻き回されているようで、眼前で火花が散った。

肉と肉が絡みついて縺れ合う、淫猥《いんわい》に粘り着く水音を聞いているうちに、下肢が溶《と》け崩れて身体がどこかへ飛んでいきそうな錯覚《さっかく》に襲《おそ》われた。

立夏は咄嗟《とっさ》に視界の端《はし》で捉《とら》えた尾を胸の前に引き寄せ、ぎゅっと握《にぎ》って縋《すが》った。

「――っ、立夏。そのように強く握るな」

きつく寄せた眉根《まゆね》に男の色気を滲《にじ》ませる紫藤が、腰遣《こしつか》いを速くして立夏を諌《いさ》める。

ない交ぜになったふたりぶんの淫液にまみれた肉の洞《うろ》をずりずりと強く穿たれ、立夏は長い尾を握り締めたまま空を蹴る。

いつの間にか再び赤く膨らんでいたペニスがぐぐっと反り返って、淫液をぴゅっと飛ばす。

「あぁあっ！」

「立夏……っ」

「無理っ！　無理、だから……っ、う、動か、ないでっ」

背を弓なりにしならせて訴えた唇《くちびる》を甘嚙《あまが》みし、紫藤が笑った。

「それこそ無理というものだ、立夏」

あでやかな獣《けもの》の笑《え》みを湛《たた》えた紫藤の双眸《そうぼう》が強く光ったかと思うと、抜き挿《さ》しの激しさがさらに凶暴《きょうぼう》なものになる。

「──ああっ！」

太々と張り出した亀頭《きとう》が立夏の体内を掘りえぐり、じゅぶじゅぶと荒々《あらあら》しく捏《こ》ね突き回す。どうにかなってしまいそうに気持ちがよく、立夏は紫藤の尾を力いっぱい抱《だ》き締めて、高く喘いだ。

「あっ、あっ……。は……、あぁん！」

次々と襲い来る尖った快感に我を忘れ、紫藤の動きに合わせて腰を振《ふ》っていたさなか、蕩けきった蜜壺を掻き回していた雄《おす》がふいに形を変えはじめた。

元々巌のごとき硬さを誇っていた肉の杭が膨張《ぼうちょう》して硬度《こうど》を増し、隘路の中をぐううぅっと伸び上がってくる。内側から押し広げられた粘膜がじゅっと灼《や》かれて、熱くて堪《たま》らない。

「あ、あ、あ……。おお、き……っ」

その変化の意味はわかっているものの、あまりに獰猛《どうもう》な変貌《へんぼう》ぶりに怯《おび》えて縮まろうとした柔《じゅう》壁《へき》をぐぼっと串刺しにされた瞬間《しゅんかん》、紫藤が大きく脈動して弾けた。

空を切る音が聞こえてきそうな勢いで噴出した重い粘液に熟《う》れた媚肉をしとどに叩《たた》かれて、立夏も吐精した。色の薄《うす》くなった精液が蜜口《みつくち》からどろりと垂れ落ちた。

「くっ、ふぅ……。あ、あ、あ……」

四肢《しし》の先から力が抜けて、もう尾を握っていられなくなる。身体をぐったりと弛緩《しかん》させて、立夏は啜《すす》り啼《な》いた。

「立夏……」

紅潮した立夏の頬《ほお》を撫《な》で、紫藤が射精後も容積のあまり変わらない肉の凶器をずるりと引き抜《ぬ》いた。

塞《ふさ》ぐもののなくなった孔《あな》から、愛し合った証《あかし》が流れ落ちてくる。ぬるりぬるりと肌《はだ》を舐《な》められる刺激に小さく痙攣する身体《からだ》を、紫藤は呼吸が整うまで優しく抱《だ》いてくれた。

「もう何度抱いても消えぬのはわかっていたが、本当に消えぬのだな」

うっすらと汗《あせ》が浮《う》く立夏の額にそっと口づけ、紫藤が笑う。

呪禁師《じゅごんし》の徴《しるし》のことを言われているのだと気づくまで、少し時間がかかった。

「私の匂《にお》いも感じぬのか？」

「ええ……。紫藤様からいつも香《かお》っていた、何も考えられなくなる匂いは消えています」

「それは残念だ」

「どうしてですか？」

「この徴が赤かった頃《ころ》、そなたに尾ではないほうを挿《い》れてくれとねだられるたび、私は生殺しにされる気分で耐《た》えていたのだぞ？　憚《はばか》ることが何もなくなったのだから、今宵《こよい》から思う存分、そなたの欲《ほっ》するものを与《あた》えようと思っていたのに」

「……生殺しの気分は俺も同じでしたよ」

「それでも、そなたは毎晩何度も私の尾で極まっていたではないか。私もそなたの中でそうしたいと思う欲望《よくぼう》を抑《おさ》えていたのだから、私の味わった辛《つら》さはそなたよりも大きい」

断言する口調を放った直後、紫藤が立夏の身体を自分に背を向ける横臥《おうが》の格好にして片足を持ち上げた。双丘《そうきゅう》の割れ目が広がってあらわになった肉環を、尾の先がいきなりくぐる。

「あっ」

長くて太い尾《お》の不意打ちの侵入《しんにゅう》を受け、肌が一気に総毛立ち、鎮《しず》まりかけていた火照《ほて》りが瞬《しゅん》時《じ》に蘇《よみがえ》る。

「――あっ、はっ」

速い挿入《そうにゅう》の勢いで肉が拉《ひしゃ》げ、中に溜《た》まっていた白濁《はくだく》がびゅうっと飛び散る。敏感《びんかん》になっていた粘膜《ねんまく》をずるるる、ぬるるるっと擦《こす》られる感覚が、快感の埋《うず》み火を掻《か》き立てた。

「立夏。今宵はべつのものが欲しいとは言わぬのか？」

抽挿の勢いを増しつつ問いかけた紫藤が、立夏の乳首《ちくび》の片方を爪先《つまさき》で弾《はじ》き上げた。

「あっ！　や、ぁ……っ」

同時に施《ほどこ》された種類の違《ちが》う快感に、ペニスが萎《な》えたままでびくびくと震《ふる》えて秘唇をわななかせた。

「何が嫌《いや》なのだ？　そなたが好きだと言ってくれた尾で、そなたをこのように精一杯《せいいっぱい》愛《いと》おしんでいるのに」

少し意地の悪い声音が耳朶《じだ》を甘やかにくすぐった直後、尾が右へ左へ回転しながら荒々しい侵入をさらに深めた。

「あぁ！　う、そ……、深い……っ」

指でも、長大なペニスでも届かない奥の奥をずりりっと擦られ、狂《くる》おしい歓喜の波がうねり立った。

神経が焦《こ》げつきそうな深く鋭《するど》い悦楽《えつらく》に胴《どう》が大きく震え、控《ひか》え目な膨らみをはらんだペニスが硬度を持ってぴぃんと空に突き出た。

「すごいな……」

なかば感心したように呟《つぶや》いた紫藤が、立夏の痴態《ちたい》を悦《よろこ》ぶように埋めた尾をくねらせた。

ペニスが勃《た》ち上がる瞬間の卑猥《ひわい》なさまを観察された羞恥心《しゅうちしん》で狼狽《うろた》えるように収縮した隘路《あいろ》をずぼずぼとえぐり回されて、眼前が白んだ。

あ、と思った瞬間には、激しく波打って口を開いた秘唇から何かを噴出《ふんしゅつ》していた。

ぷしゃあぁっと耳を塞ぎたくなる水音が部屋の中に響《ひび》く。明らかに射精や粗相《そそう》とは感覚が違う。けれども、ならば何なのか見当もつかないそれはいっそ美しい放物線を描《えが》いて壁際《かべぎわ》まで飛んだ。

「はっ……。あ、あ、あ……」

めくるめく歓喜《かんき》に涙ぐみ、立夏は肉筒《にくづつ》の中の尾をぎゅうぎゅうと締《し》めつけて悶《もだ》えた。そのせいで隘路がえぐれて、新たな愉悦《ゆえつ》が生まれる。

「し、どうさま……っ。あ、あ、あぁん」

荒《あら》い息を弾《はず》ませて、腰《こし》をのたうたせたときだった。

ふいに背後の気配に異変を感じた。硬《かた》く、逞しかった筋肉が、何だか妙《みょう》にやわらかくてふわふわしている。

首を巡《めぐ》らせると、紫藤が雪豹《ゆきひょう》に変化していた。燭台《しょくだい》の灯《あか》りを纏《まと》う白と黒の被毛《ひもう》がつややかに煌《きら》めいている。

「二度目の交わりで潮を噴《ふ》くとはしたない。そなたがあまりに淫《みだ》らゆえ、本性を抑えられなかったではないか」

むすりと言って、紫藤は立夏から身を離《はな》す。

「……紫藤様？」

反射的に伸《の》ばした手が、「今はむやみに触《ふ》れるな」とすいっと躱《かわ》される。

「このように興奮した状態ではすぐに人の姿に戻《もど》れぬ。下手《へた》に刺激されると、この姿のまま、そなたに襲いかかるやもしれぬ」

ふと視界に入った紫藤の下腹部では、獣のペニスが猛《たけ》っていた。

人の姿のときとは、形も色も違う。尾よりもわずかにほっそりしていて、人のそれよりも長い。亀頭がないそれは先端《せんたん》がつるりと尖《とが》った細長い円錐《えんすい》形だ。切っ先よりも色の濃《こ》い幹は、無数の小さな棘《とげ》でびっしりと覆《おお》われている。

人間のペニスとはかけ離れた形状の勃起《ぼっき》で、立夏を怯えさせないようにという気遣《きづか》いなのだろう。寝台《しんだい》を下りようとした優《やさ》しい雪豹の背を、立夏は抱きしめた。

「紫藤様。俺は紫藤様の尾も耳も、雪豹の姿も好きです。紫藤様のすべてが好きです」

「……獣の私に抱かれるのも厭《いと》わぬというのか？」

恐怖心《きょうふ》がまったくないわけではない。

けれど、立夏の胸の中では禁忌《きんき》を犯《おか》す怖《こわ》さよりも、紫藤への愛おしさが勝《まさ》っていた。そして、この国で紫藤と共に生きてゆくと決めた覚悟《かくご》を身体でも示したいと思った。

「俺は紫藤様の妃《きさき》ですから」

立夏はつややかな被毛の上をすべらせた手で、美しい雪豹のペニスを握《にぎ》った。幹を覆う棘に痛いと感じる硬さはなかった。掌《てのひら》の圧力を跳《は》ね返《かえ》すしっかりとした弾力《だんりょく》はあるものの、ゼラチンのようにぷにぷにぷにとやわらかく、肌に心地《ここち》いい。

「俺は獣人《けものびと》には反応しないようですし、もう紫藤様から理性を失う香《かお》りを感じることもなくなりました。でも、紫藤様だけを……、どんな姿をされていても紫藤様のすべてを求めることが俺の本能だと思うんです」

そう告げた立夏を、振り向いた紫藤が押《お》し倒《たお》した。紫藤は立夏の下腹部に座りこんだ。無数の棘を纏って猛る勃起が、張りを失ったペニスに擦りつけられた。

「あっ……」

雄はずりっずりっと上下に大きく動く。敏感な場所の皮膚《ひふ》を無数の突起《とっき》物でこりこりと引っ搔かれ、時折感じる淡《あわ》い茂《しげ》みを棘に梳《す》かれるような刺激《しげき》も堪《たま》らなく甘美だった。

秘唇《ひしん》がくちゅうっとざわめいて悦びの証である蜜を細く吐《は》いた。糸を引いて垂れ落ちたそれをざらつく舌で舐め取られ、腰が濫《みだ》りがわしくせり上がって揺《ゆ》れた。

「はっ……、ぁんっ」

「本物の交わりをまだ二度しか知らぬはずなのに、我が妃はまことに淫らだ」

気高い雪豹の顔は、立夏のはしたなさを諌《いさ》めるかのようにきりりと険しい。けれども、声音《こわね》ははっきりと悦ぶもので、立夏は小さく笑った。

「知ったばかりのことだから、色々と興味津々《きょうみしんしん》なんです」

「では、私は夫の務めとして、そなたの興味を満足させねばならぬな」

口角を優美に上げた紫藤が身体の位置を少しずらした。

花襞《はなひだ》を綻《ほころ》ばせたままの肉環《にくわ》に雄《おす》の先端《せんたん》が押し当てられる。立夏は、反射的に息を詰《つ》めた。張り出す雁首《かりくび》がないせいでなめらかに侵入してきたペニスは、無数の棘で媚肉《びにく》を浅くえぐりながら根元までぬぷんと埋まった。

初めて知る禁忌の感覚が生むのは恐怖や嫌悪《けんお》ではなく紛《まぎ》れもない興奮で、爪先が痙攣《けいれん》した。

「苦しくはないか？」

優しい声音で尋《たず》ねてきた獣の背に、立夏は腕《うで》を回して抱きつく。自分の膨《ふく》らんだペニスをつややかな被毛に擦りつけ、苦しみも痛みも感じていないことを身体で告げる。

「紫藤様……、いい……っ。気持ち、いい……」

感じる愉悦を素直に訴《うった》えた唇を、そっと舐められた。

「立夏。私は母親にすら厭われたこの身を、自分自身でも疎《うと》んじていた。なれど、そなたのおかげで、そんな蟠《わだかま》りも溶《と》けたようだ」

凛々《りり》しく美しい雪豹の顔にやわらかな笑みが浮かぶ。

「そなたに誓《ちか》おう、立夏。この国と私の心に平安を導いてくれたそなたを、この世の誰《だれ》よりも幸せにする」

「紫藤様と篝丸が……夏月がいれば、俺はそれでもう十分幸せです」

笑みを返した立夏を見つめる双眸《そうぼう》を細めた紫藤が、ずんっと腰を突《つ》き上げる。

「ああっ！」

獣の抽挿《ちゅうそう》が始まった。人間の腰遣《こしづか》いとは違って単調で小刻みな前後運動しかできないぶん、ぐっしょりとぬかるんだ肉筒を出入りする速さは凄《すさ》まじかった。

内部に残っていた体液が粘膜ごとぬちゅぬちゅと攪拌《かくはん》されて泡立《あわだ》ち、接合する肉と肉のあいだから漏《も》れ飛んでゆく。

荒々《あらあら》しい抜《ぬ》き差しのつど、浅い部分の媚肉が棘に引っかかって絡《から》まりついたままぐぽっと捲《めく》れ上がっては内部へ巻きこまれて、脳裏《のうり》で快感の火花が爆《は》ぜる。

「あ、あ、あ！　紫藤様っ、紫藤様……っ！　いい……、いいっ」

息絶えてしまいそうなほど気持ちがよくて、幸せだった。胸に満ちるのは愛する者とひとつに溶け合《あ》う悦びと歓喜だけで、禁忌を犯した後悔《こうかい》など微塵《みじん》も湧《わ》かない。

愛おしい獣に縋《すが》りつき、激しく揺さぶられながら、立夏は深い幸福感に溺《おぼ》れた。


やわらかな春風が吹《ふ》き抜けた大路を、風呂敷包《ふろしきづつ》みを抱《かか》えた直垂《ひたたれ》姿のサバトラ猫《ねこ》が走っていた。

彼はどこからか風に運ばれてきた桜の花びらを頭に張りつけていたけれど、まるで気づいてい

ない様子だ。大勢の人や獣人が行き交う賑《にぎ》やかな通りを折れて小道に入り、開店準備中の茶屋へ飛び込んで叫《さけ》んだ。

「かあ様、合格したよ！　明日《あした》から学問所に通えるよ！」

「本当かい、お前」

纏う衣《ころもこ》は小袖《そで》だが、模様はまったく同じサバトラ猫が、丸い目をさらに丸くする。

「本当だよ、かあ様。ほら、学問所で使う教書ももらってきた」

直垂姿のサバトラ猫が誇《ほこ》らしげに風呂敷包みを見せる。

「これから半年、学問所で学んで、課試に合格したら大学寮《りょう》に入れるし、大学寮をちゃんと卒業して考試に受かったら、役人になって官位がもらえるよ」

「獣人でも官人になれる日が来るなんてねえ。春の夢を見てるみたい」

母親猫はふっくらとした頰《ほお》に手を当てて笑い、もう片方の手の先で息子《むすこ》が頭に乗せていた桜の花びらを払《はら》う。

「とう様が死んでしまって、一時はどうなるかと途方《とほう》に暮れたけれど、思い切って都に出てきてよかったわ」

「僕、早く右近衛《うこんえのしょうしょう》少将様みたいな立派なお役人になって、かあ様に綺麗《きれい》な衣をたくさん買うよ」

「九頭竜《くずりゅう》様みたいに出世するのかい？　それは楽しみねえ」

母親猫がふふふと嬉《うれ》しそうに笑うと、息子猫《むすこねこ》も同じ笑顔になる。

「そうだ、かあ様。帰ってくる途中《とちゅう》で、右近衛少将様を見たんだ。真っ白の天馬に乗って、空を颯爽《さっそう》と駆《か》けておられたよ。きらきら光る綺麗な太刀《たち》を佩《は》いたお姿がとても凛々しくて、僕、思わず見惚《みと》れてしまって――」

「――立夏。立夏！」

額にひやりとした感触《かんしょく》を覚えて目を開けると、あでやかな直衣《のうし》を纏《まと》う紫藤が心配げにこちらを覗《のぞ》きこんでいた。辺りには明るい陽《ひ》の光が満ちていて、仙川の姿もある。

だが、サバトラ猫の母子はどこにもいない。夢を見ていたのだ、と立夏はぼんやり思う。

「やっと気がついたか、立夏。薬師《くすし》を呼ぶところだったぞ」

「……紫藤様？」

心底ほっとしたふうな紫藤の様子に首を傾《かし》げて起き上がったそこは、立夏の部屋の寝台だった。身体《からだ》の汚《よご》れは清められ、清潔な単衣《ひとえ》を着せられていた。

「立夏様、ご気分はお悪くありませんか？」

「ええ、特には……」

ようございました、と頷《うなず》いて、仙川は紫藤を眇《すが》め見た。

「仲がおよろしいのは結構です。が、立夏様はほんの先日まで無垢《むく》なお体だったのですから、ご無体なことはお避《さ》けくださいませ」

仙川のぴしゃりとした声に、紫藤は「うむ」と短く頷く。

どうやら、紫藤と抱《だ》き合っている最中に意識を失ったようだ。身繕《みづくろ》いをしてくれたのは、仙川だろう。もしかしたら、ほかにも加わった女房《にょうぼう》が何人かいたかもしれない。

紫藤の妃になるということは、自分の身体の管理を自分だけでできなくなるということだ。早く慣れるしかないのだろうけれど、意識のない身体をどうされたのだろうと考えると顔に濃《こ》い朱《しゅ》が散ったし、要するに「いい年をして童貞《どうてい》処女だった」という意味の言葉を発せられて、猛烈《もうれつ》な恥《は》ずかしさを感じた。

「では、私は朝餉《あさげ》のご用意をいたします」

言って、退室しかけた仙川がくるりと振《ふ》り返る。

「夏月のぶんの膳《ぜん》もこちらに？」

「むろんだ」

かしこまりました、と一礼をした仙川が部屋を出ると同時に、立夏は寝台《しんだい》の上に倒れこむ。ちょうど目の前にあった美しい尾《お》を引き寄せて、顔を埋《うず》める。

「何をしておる、立夏。朝から催促《さいそく》か？」

「……違《ちが》います。恥ずかしくて悶絶《もんぜつ》しているんです。しばらくそっとしておいてください」

「呪禁師《じゅごんし》の徴《しるし》の意味を教えたときにも思ったが、そなたの恥ずかしがり方は変わっておるの」

楽しげに笑って、紫藤は立夏の髪《かみ》を梳《す》く。

「私は愉快《ゆかい》で好ましいと思うが、陛下の御前《ごぜん》ではそのような奇行《きこう》は慎《つつし》まねばならぬぞ」

「……陛下の、御前？」

「今宵《こよい》、そなたと夏月に会いたいと仰《おお》せだ」

「陛下が、こちらへいらっしゃるのですか？」

「いや。陛下はそなたと夏月の昇殿《しょうでん》をお許しくだされた」

婚儀《こんぎ》への第一歩だ、と紫藤が甘やかに囁《ささや》いた声が、耳の奥でふわふわとこだまする。

先ほどの夢が、いつかそうなればいいのにという単なる願望なのか、古《いにしえ》の神の血が見せた予知夢なのかはわからない。婚儀や紫藤の即位《そくい》、そして次の東宮《とうぐう》を決める際には、多くの問題が湧き出てくるだろう予感もする。けれども、紫藤と夏月と三人で共に歩む先にあるのは、きっと幸せな未来だ。

あとがき

ある日ふと、このところ猫《ねこ》の出てくる話ばかり書いている気がするなあと思いました。そんな気がするのも当たり前で、最近のお仕事を振《ふ》り返ってみたら、本当に去年から猫の出てくる話しか書いていませんでした。こっちでもそっちでもあっちでもどっちでもにゃんにゃんだらけで（ほかにも豹《ひょう》とか狼《おおかみ》とか狐《きつね》とか犬とかアリクイとかもいますが）、自分でもびっくりです。

何年か前にとある動画でそれはそれは美しいふわっふわっのノルウェージャンフォレストキャットに一目《ひとめ》惚《ぼ》れをして以来、定期的に猫（とベタ。青いひらひらのやつ）飼いたい病を発《はっ》症《しょう》するのですが、潜在《せんざい》意識下で猫大好き病に罹《かか》っているとしか思えません。昔は問答無用でお犬様至上主義だったのに不思議なものです。

そんなわけでこのところは、ライオンみたいなデブ猫をもふって窒息《ちっそく》気味になってみたいとか猫パンチされて「あぁぁ～」とよろめきたいとか腹丸出しの寝姿《ねすがた》を盗撮《とうさつ》したいとか猫のことしか考えていませんが、欲望《よくぼう》はいっこうに満たされません。悲しいことに、猫とまったく接点がないのです。

最後にナマの猫を見たのはいつだっただろうと考えてみたら、なんと小学生のときでした。家の庭の片隅《かたすみ》で野良猫《のらねこ》が産んだ仔猫《こねこ》をランドセルをしょって「うわー、かわいーなー」と眺《なが》めた日を最後に、私は猫と一度も遭遇《そうぐう》していないのです。

そんな馬鹿《ばか》なと一所懸命《いっしょけんめい》頭の中を掘《ほ》り起こしてみましたが、誰《だれ》かの飼《か》い猫はもちろん野良猫を見た記憶《きおく》すらありません。犬なら、散歩中のわんこやお店の営業部長をしている愛想《あいそ》のいい看板犬を必ずどこかで見かけるので、外出したら一日一わんこは確実ですが、にゃんこには全然縁《えん》がないのです。

私は目が悪いとかその瞬間《しゅんかん》の目的物しか見えてないとか色んな意味で視野が狭《せま》いので、ちゃんといるのに視界に入れてないだけかもしれないと思い、ニャンコを探して三千里はちょっと無理めなので三百メートルくらいうろついてみることを何度かしてみましたが、やっぱり猫はどこにもいないのです。いいことなのかもしれませんが、一匹《いっぴき》の野良猫も……。

探せども探せども会えない猫。で、最近だんだん、猫ってテレビの猫番組とかユー○ューブの中にしか存在してないんじゃないかと思いはじめました。

現実世界にはいない、モニタの中にのみ棲息《せいそく》しているのが猫。わりと本気でそう思い、そんな結論を導き出す自分の頭にちょっと薄《うす》ら寒くなり、ひとりホラーにぶるつく2016年夏でした。

いつも美しすぎるイラストを描《か》いてくださるみずかねりょう先生、担当様はじめ今作に関わってくださった皆様《みなさま》、読んでくださった皆様、本当にありがとうございました！

鳥谷しず（@shizu_toritani）

KADOKAWA
RUBY BUNKO

獣《けもの》皇子《みこ》と初恋花嫁《はつこいはなよめ》

鳥谷《とりたに》しず

角川ルビー文庫　R 157-3　19947

平成28年 9 月 1 日　初版発行

発行者――三坂泰二
発　行――株式会社KADOKAWA
〒102-8177　東京都千代田区富士見2-13-3
電話 0570-002-301（カスタマーサポート・ナビダイヤル）
受付時間 9:00～17:00（土日 祝日 年末年始を除く）
http://www.kadokawa.co.jp/
印刷所――暁印刷　製本所――BBC
装幀者――鈴木洋介

落丁・乱丁本は、送料小社負担にて、お取り替えいたします。KADOKAWA読者係までご連絡ください。（古書店で購入したものについては、お取り替えできません）
電話 049-259-1100（9:00～17:00/土日、祝日、年末年始を除く）
〒354-0041　埼玉県入間郡三芳町藤久保550-1

ISBN978-4-04-104846-7　C0193　定価はカバーに明記してあります。

キャリア管理官×
色情霊に憑かれた堅物署長の
濃厚ラブエロス！
初恋と色情のトランス
鳥谷しず
イラスト／みずかねりょう
お前の乳首、お前と一緒だな。
美麗で、つんつんしてて、硬い。
堅物署長（だけど童貞）の秋森は、ラブホテルで出会った色情霊に取り憑かれ捜査協力してもらうが、見返りに犬猿の仲のエリート管理官・桐ヶ谷とHするように命じられて!?